让梦想
拐个弯

丁立梅散文精选集

丁立梅 著

东方出版社

高远的天空，裸露的岩石，艳红的花朵。

生命如此安静，又如此强烈。

让梦想
拐个弯

捡拾幸福

002　　绿

008　　月下我的影子，像头年轻的小鹿

013　　只为途中与你相见

019　　一只猫的智慧

023　　糊涂的美丽

028　　等一个月亮

033　　跟着一朵阳光走

037　　捡拾幸福

041　　每一颗种子，都有它自己的奇迹

046　　浅淡岁月，总有欢喜相守

050　　小欢喜

许 明 天 一 个 梦 想

许 明 天 一 个 梦 想　　058

丰 腴　　063

养 心　　070

初 心　　075

深 情　　080

不 要 让 心 长 出 皱 纹　　086

没 有 谁 在 原 地 等 你　　091

爱 与 哀 愁　　095

向 着 美 好 奔 跑　　099

素 心 如 简　　103

每 一 棵 草 都 会 开 花　　108

让梦想拐个弯

114　坚持

118　人淡如菊

122　放慢脚步

126　让每一个日子，都看见欢喜

130　与自己和解

134　格桑花开的那一天

141　人生，诗意还是失意

145　让梦想拐个弯

149　高贵的宁静

154　生命自在

158　善心如花

舌 尖 上 的 思 念

留 香　164

爆 米 花　169

冷 锅 饼　173

家 乡 的 年 糕　177

竹 叶 茶　181

吃 茶　184

吃 蟹　188

一 把 桑 葚　192

舌 尖 上 的 思 念　196

姚 二 烧 饼　200

世事静好

208　世事静好

213　我与青春再见时

218　回家

222　人生赢家

226　青春不留白

231　从前

238　书香做伴

这个寻常的秋日午后，

我捡拾到了大捧的幸福。

那是一只橘子的幸福。

一缕阳光的幸福。一抹口红的幸福。

一朵笑声的幸福。几只芋头的幸福。

一捧红萌果的幸福。一盆玉簪的幸福。

是这个恋恋红尘中活着的幸福。

让梦想拐个弯

捡拾幸福

绿

喜欢绿。

没有一种颜色，比绿更广阔更浩荡。

春天，花还没来，绿先远行。人们不远千里追去看草原，其实，是去看绿的。牛羊点缀在绿上。湖泊镶嵌在绿上。蒙古包像白花朵一样的，盛开在绿上。一望无际的绿。波涛翻滚的绿。让一颗奔波的心，只想欢唱，只想纵情一回。

废弃的百年院落，墙上爬满绿。地上的砖缝里渗着绿。

屋顶上，绣着绿——那真的像是绣上去的，绒绒的，在黑的瓦片上。

一只猫，跳上院墙，碰翻了一墙的绿。它在墙头上回眸，眼睛里，汪着两潭绿水。看着，竟让人忘了时间，忘了惆怅。

这世上，最是万古不朽的，是绿。

有绿环绕，生的趣味，才源源不断。

是在秦岭，大山腹部，遇见一条绿的溪流。

真真是绿透了呀，像把满山的绿草绿树，都给揉碎了，榨出汁来，倒在里面。

我惊诧得顿住脚步。想捧上那样的一捧绿，在口袋里放放好。不为什么，只想随时摸摸，这生命的质地。

也终于明白，亨利八世的爱情。他偶遇一个着绿衫的姑娘，立即为之神魂颠倒。宫廷华丽，美女如云，却难忘野外的绿袖子。小绿初开，在心里种出温柔来。怎能相忘！怎么相忘！于是，一曲《绿袖子》成了经典。

这是绿的魔力。

去西藏。好山好水地看过去，最难忘的，却是纳木错。

高原之上，它不时地变幻着魔术，逗自己玩。天空是蓝的，它就是蓝的。天空是靛青的，它就是靛青的。天空是灰的，它就是灰的。

那天我去，恰好撞见一个绿的湖，碧绿的。像条绿丝带，飘拂于山峦之中。

之前，我因高原反应剧烈，头疼欲裂，寸步难行。然等我看到它的刹那，我的所有不良反应，竟神奇般地消失。我跳下车去，奔向它。那飘向天际的绿丝带，跟山峦浑然一体，跟天空浑然一体，纯净安然。你只觉得灵魂被洗濯一遍，空灵，宁静，无所欲求。

湖旁堆着不少的玛尼堆。有的高得像座小山丘。藏人绕湖一圈，祈福，放下一粒石子。再绕湖一圈，祈福，放下一粒石子。如此循环，无有止境，才形成这样的玛尼堆。而绕湖一圈，需要几十天的时间。这小山丘一样的玛尼堆，该叠加着多少双虔诚的脚印！祈求我的牛羊啊。祈求我的亲人啊。祈求这混沌的尘世啊。祈求我的来生啊。他们信奉着心中的神，欢乐，哀伤，苦难，悲怆，一切的情绪，最终，都化为平静。平静得像一抹绿，湖水一般的绿。

生命本该呈现的，就是这样的平静啊。

在一个叫华阳的山区，看山民们制作神仙豆腐。

说是豆腐，其实与豆一点关系也没有，它完完全全是由绿绿的树叶制作而成。

树的学名叫双翅六道木，山民们却唤它神仙树。过去饥荒年代，人们拿它救命，捣碎，取汁充饥。谁知那汁液竟十分地可口黏稠，绵软似豆腐。人们怀着感恩的心，当它是神仙所赐，叫它神仙豆腐。代代相传，它成了独特的民间小吃。

一对老夫妇，做这个已五十多年，靠这个养大四个儿女。如今儿女们都出息了，但老人家还是每天一大清早，走很远的路，攀上山去，采回树叶，做神仙豆腐。他们说，做习惯了，一天不做，心里就空得慌。

我看到他们，把烫煮过的绿叶子，扣进木桶里，拿木杵一上一下地杵。绿绿的汁液，很快漫出来，被过滤到另一个桶里，均匀地摊到一块大石板上。石板迅速披上了一件绸缎般的"绿袍子"，那么绿，那么滑。待冷却后，揭下那件"绿袍子"，切成手指宽的绿条条，凉拌，吃到嘴里，又滑又软，清香透了。

那一口一口的绿啊！人间美味，叫人感激。

去江南。随便一座古镇，深巷里闲逛，也总要撞见做青团子的。

那是取了青绿的艾蒿，碾碎，和了糯米粉，揉搓而成。

看做青团子，也是极有意思的。眼见着那一团一团的绿，在一双手上盘啊盘啊，就盘成了青团子，乖乖地在蒸笼里躺着，浑身绿得晶莹透亮。像颗绿宝石。蒸笼上冒出的香气，竟也是绿绿的了。

我爱看那些捏着青团子的手，苍老的，或年轻的，无一不浸染着绿。深巷幽静，我的耳畔仿佛响着一支绿的情歌，咿咿呀呀，从千年的烟雨中，一唱三叹地，穿越而来。

佳句 精选

◇◇ 没有一种颜色，比绿更广阔更浩荡。

◇◇ 屋顶上，绣着绿——那真的像是绣上去的，绒绒的，在黑的瓦片上。

◇◇ 一只猫，跳上院墙，碰翻了一墙的绿。它在墙头上回眸，眼睛里，汪着两潭绿水。

◇◇ 这世上，最是万古不朽的，是绿。

◇◇ 他们信奉着心中的神，欢乐，哀伤，苦难，悲怆，一切的情绪，最终，都化为平静。平静得像一抹绿，湖水一般的绿。

◇◇ 深巷幽静，我的耳畔仿佛响着一支绿的情歌，咿咿呀呀，从千年的烟雨中，一唱三叹地，穿越而来。

月下我的
影子，
像头年轻
的小鹿

懒得脱下珊瑚绒的睡衣，我就穿着它，出门去跑步。

每晚，我都要出门小跑一会儿，这成了我一天中最享受
的时光。

夜色是最好的遮挡，没人觉得我怪异。我可以跳着走，
蹲着走，倒着走，傍着走。我也可以踩着舞步，手舞足蹈，
哼着唱着。同样地，没人觉得我怪异。

这个时候，便是真正自由的一个人了。万千世界，都是
我的。

一路的花香、草香、树叶香，浓的，淡的，深的，浅

的，缠缠绕绕。我闻闻这朵花，认认那棵草。黑夜里，它们的面容看不真切，视觉便退居一旁，味觉开始上位。闻闻吧，闻闻就知道了。这就有了再相识的欢喜。

露珠的清澈，让人忍不住想尝上一口。风也是带着好意的，吹过来，拂过去，跟逗你玩儿似的。黑夜使得一切变得纯粹，滤去了浮华，还原了本真。它使我想起"沉淀"这个词。黑夜是最经得起沉淀的。

拾荒的老人，单独一间小棚子，搭建在路边。应该属违章建筑吧，愣是没有人来把它拆除掉。一个月，两个月，半年，一年，它都在。晚上，老人在门前拉只大灯泡，足足有二百瓦，亮闪闪的，把门前的一截路，都给照亮。老人在灯下分拣荒货。夏天的时候，是打着赤膊的。一旁的随身听里，放着河北梆子，或是陕西秦腔，一律的高嗓门，铿铿铿，锵锵锵。对老人这种重口味，我起初真是好奇得很，他是真心喜欢呢，还是借此消除寂寞？后来听多了，我竟也喜欢上那唱腔，有种让人的每个毛孔，都舒展开来的畅意。

我真愿意他一直就这么住下去。我跑步的这条路上，因了他的存在，而生出鲜活的味道。

其实，每次出门前，我也纠结着来的。我家那人不喜动弹，他总是半歪在沙发上，手里随便翻本书，或是拿着电视遥控器，随便调台。他蛊惑我，说，今晚你就不跑了吧，休息一晚，陪我看看电视多好。

——我也想那么干。人都是有惰性的，人都是喜舒适的。但最终，我还是说服自己出了门。多少天的坚持，我不想在这一天出现断裂，那会让我觉得遗憾。

人的行为，往往都在一念之间。你抬脚迈出了那一步，你也就战胜了你自己，成全了你自己。就像我每每出门之后，都会觉得庆幸，我让一天又以完满告终。要不然，我将错过这一晚的花香草香，错过这一晚的露珠夜色，错过这一晚的河北梆子和秦腔。

月亮是什么时候撑在半空中的？它像一个人，早早地等候在那里。

我不时抬头看看它，觉得它也在看我。

月亮走，我也走。

天空像一口井，水波不现，月亮是浮在水上的一朵白莲花。

又觉得它更像一匹白丝绒，月亮是托在上面的一块打磨过的玉，圆润，质地醇厚。

《诗经》里有赞美诗：月出皎兮，佼人僚兮。说是赞美月下美人，我觉得更像是在赞美月亮。月的皎洁，才衬出美人之纯。天空干净，大地才会干净。

我在月下小跑。路上也有三两个锻炼的人，有的被我赶上了，有的赶上了我。我们不说话，只相互打量一眼，笑笑，继续跑着自己的。

后来，曲终人散，只剩下我，还在跑。和我一起跑着的，还有风，还有一个世界的花香草香。

月下我的影子，看上去比我年轻。它像一头年轻的小鹿，欢跳着一路向前。

佳句
__ 精选

◇◇ 黑夜使得一切变得纯粹，滤去了浮华，还原了
本真。

◇◇ 人的行为，往往都在一念之间。你抬脚迈出了那
一步，你也就战胜了你自己，成全了你自己。

◇◇ 天空像一口井，水波不现，月亮是浮在水上的一
朵白莲花。

◇◇ 月下我的影子，看上去比我年轻。它像一头年轻
的小鹿，欢跳着一路向前。

只为途中与你相见

睡了一个囫囵觉，天也就大亮。

车窗外的景致大同小异，满眼看过去，都是绿，葱绿、墨绿、深绿……不一而足。那是树的绿，田间植物的绿，生命欢腾的绿。人家的房，掩映在绿里面，有的是红砖红瓦，有的是粉墙黛瓦，像水彩画。

八月的大地是富足的。雨水和阳光一样丰盈，所有的生命，都一副水灵灵功德圆满的样子。

一过石家庄，我对面铺的男人就坐不住了。他是浙江人，做木材生意的，他丢下正做得红火的生意，特地带了念高中的儿子去西藏。

钱什么时候都可以赚，这个好男人说，要让孩子出来多走走。多走走，眼界才会开阔。

男人伏到窗口，不错眼地看着外面，不时大叫着他儿子，军军，你看，那外面！叫军军的小伙子却一直闷头在玩他的平板电脑，对外面的景致兴趣不大，男人叫一声，他就伸一下头，过后，又埋首到他的电脑上。

我合上在看的书。窗外掠过的景，跟内地有了分别。树都是笔直地朝上，每根枝条每片叶子都是。土是直立的，直立成小山丘，一座一座的小山丘。一些房舍，像棋子似的，散落在小山丘周围。

这么看着看着，也就到了兰州。天色渐晚，站台上卖吃食的小推车，呼啦啦簇拥过来。一种高粱面做的大饼很抢手，车上的旅客几乎人手一张。饼很糙，并不好吃，但没人介意。出来旅行图的就是个新鲜与热闹，每到一处，都恨不得能把那处打包好了，塞进行囊里带走。

火车上的晚餐陆陆续续登场，各种吃食的味道，在车厢内弥漫。卖盒饭的推车，在走廊上来回走。盒饭来啦！盒饭来啦！乘务员大声叫卖。一时间，如同集市，喧喧闹闹。

深夜十点过后，各种声音渐渐沉没，睡梦开始来敲门。模糊中听到有人问，还有多远到？听得答，现在已走一半路了。

哦，就快到了呀，是欢喜的一声呼。四周彻底安静下来，火车哐唥哐唥的声音格外分明，把黑暗的浪花溅得四处飞溢，如船划破波浪。

太阳很晚才出来。这个时候，火车已行驶在青藏高原上了。茫茫的戈壁滩，一望无际的茫茫，色彩单一，山都是光秃秃的，生灵不见一个，只有天空和大地两两相望。生命的渺小，在那一刻表现得尤为强烈。你还有什么可争的，还有什么要争的？你争不过天去，争不过地去，还是与自己和解吧。

盐像雪，一撮一撮的白，点缀着寂寥无垠的戈壁滩，像在上面绣了一朵一朵的小白花，使戈壁滩更显得空旷寂寥。突然有人惊呼，看，那儿有个人。众人都挤过去看。可不是么，的的确确是一个人！看不清他的面目，只见他的一只手，举着，那是标准的敬礼手势，他在向我们的列车敬礼。

众人挥舞着手兴奋地朝着他呼叫。那么远的距离，他是看不见也听不见的，他一动不动地举着手，塑像一样的。在他眼里，这列列车，就是一个活的生命。他在向生命致敬。他是养路工，是进藏的旅人，还是当地居民？不得而知。他成了我们进藏路上，一个不可磨灭的景，生命是如此渺小，又是如此庄严。

一过可可西里，大地上的色彩渐渐繁复起来，随处可见草地，绿地毯一样的，铺向远方去了。雪山卧在天边，一座一座，浑圆柔和，或是孤独如树。对，像树，在可可西里，就没见到一棵树，那些山，便充当了树。山的脊梁上，厚厚的积雪，在白日光下莹莹闪亮。草甸上，一眼一眼的小湖，或称之为小河、小潭，蓝莹莹的，或是清幽幽的，如草甸上的眼睛。蓝天掉在那些"眼睛"里了，白云掉在那些"眼睛"里了。

看见藏羚羊。车上人激动得齐齐欢呼起来，端起相机，对着窗外一通猛拍。然这样的激动只持续了一阵子，随后成群的藏羚羊，成群的牦牛，成群的雪山，成群的草地、湖泊，像变魔术似的，连绵不绝。大家由起初的惊呼，渐渐变得"司空见惯"了，不再大呼小叫，而是安静地看着，看累了，就闭上眼休息一会儿，睁开眼来再看。错过了几块草甸几只藏羚羊几座雪山，也不足为惜，西藏这块广袤的大地上，有的是，真正是奢侈铺张得不行。

白云在山间拥着挤着。白云在天上拥着挤着。你就没见过那么丰富的云。有的躲在山后，鱼一样游着，吐出一圈一圈的白泡泡；有的浮在半空中，羽毛一样的，仿佛风一吹它就飘走了；有的匍匐在山巅上，如一群散步的绵羊，嬉戏着；有的堆积在海蓝的天幕上，棉絮一样的……

太阳到晚上九点多才落山，而这时，月亮早已迫不及待从东边的山头升起来，大而浑圆。大地上出现了奇异的景象，一半橘红，一半素白，相互辉映。

佳句

__ **精选** __

◇◇ 八月的大地是富足的。雨水和阳光一样丰盈，所有的生命，都一副水灵灵功德圆满的样子。

◇◇ 生命的渺小，在那一刻表现得尤为强烈。你还有什么可争的，还有什么要争的？你争不过天去，争不过地去，还是与自己和解吧。

◇◇ 他成了我们进藏路上，一个不可磨灭的景，生命是如此渺小，又是如此庄严。

一只猫的智慧

朵朵是我捡回的一只猫。

许是有着流浪的经历，它很少有安分的时候。把它留在屋子里，它是不大待得住的，除非它饿了，跑回来讨吃的。

好在我有自己的院落，大门整天洞开着，很方便朵朵的自由出入。院落外面，是一大块空地。空地上，东家种点瓜，西家种点菜，还有人在里面种花。花是海棠，一年里，大部分时间，海棠都在开着花。红艳艳的，浮霞一般。

朵朵很喜欢这块地，它把它当乐园。它在里面打滚。它在里面奔跑。它跟花捉迷藏。它跟草捉迷藏。它也逗着一些小虫子玩，捉起，再放。再捉，再放。一玩就是大半天。在一只猫的眼睛里，这个世界，都是好玩的吧。

我有时会站在院门口看它玩。它顺着竹竿爬，爬，一直爬到竹竿顶端，跟一茎丝瓜藤比赛着跑。它扑到海棠花上，摇落了海棠花几瓣，它抓住那几瓣海棠，愣是玩了半晌。地里一棵普通得不能再普通的一年蓬，朵朵围着它，竟也玩出百般的趣味来。风吹，一年蓬的草尖尖轻轻摆动，可把朵朵兴奋坏了。它紧张地盯着那摆动的草尖尖，埋下半截身子，蓄势待发。突然，它箭一般地射出它的身子，扑过去，跳上跳下。像骁勇的士兵，独闯沙场。真是羡慕它啊，人的心，早就失了这样的活泼天真，老到得很世故，倒是无趣得很了。

夏天，我在屋门外另加了一道纱门，挡蚊虫苍蝇。这多出的一道门，给朵朵带来极大困扰。一道门挡着，它要么进不来，要么出不去。它抗议，喵呜喵呜叫唤，使劲叫唤，以吸引楼上我的注意。我听到了，会下楼来替它开门，放它进来，或放它出去。有时我听不到它叫，或者听到了，我正忙着，就不去搭理它。它很郁闷地独坐在门前，透过纱门，盯着外面的世界。几片落叶，掉进院中来，在院子里的大理石地面上翻卷，朵朵望着很着急。这时我若开门，它准会一跃而起，弹跳出去，搂着地上的落叶打滚，头都来不及抬的。

某天，我出门散步，忘了把朵朵放出来。等我散步归来，竟看到朵朵在院门口的那片空地里，正追扑着一只小虫子，玩得不亦乐乎。我惊奇不已，屋门完好无损地关着，它是怎么出来的？

留心观察它，很快被我发现了玄机。原来，它的小脑袋里，不知什么时候已琢磨出开门的小点子。它对着关紧的纱门，退后几步，埋下半截身子，像跳高运动员一样，来一段助跑，等跑至门边，整个身子猛地一跃，俩前爪向前，扑到纱门上，门就被推开了。

它跑出去，还不忘回头，得意地冲我"喵呜"一声。

这世上，所有的生命，原都各有各的生存智慧和本领。一只猫的智慧，该是轻轻盛放的一朵花、绿绿的一株草、一只飞着的小虫子、一阵淡拂的清风——是灵魂的自由。

佳句
精选

◇◇ 一年里，大部分时间，海棠都在开着花。红艳艳
　　的，浮霞一般。

◇◇ 在一只猫的眼睛里，这个世界，都是好玩的吧。

◇◇ 人的心，早就失了这样的活泼天真，老到得很世
　　故，倒是无趣得很了。

◇◇ 一只猫的智慧，该是轻轻盛放的一朵花、绿绿
　　的一株草、一只飞着的小虫子、一阵淡拂的清
　　风——是灵魂的自由。

糊涂的美丽

在桂花的身边，人的大脑，容易迟钝。

想什么呢？什么也想不了。

那么香！香也罢了，偏还浸着甜。是活泼的少女身上，散发的那种鲜活甜蜜的朝气。

怎么办呢？

没办法的。只能沉溺，心甘情愿的。

我骑着诚诚提供给我的单车，那车真是轻便好骑得很。我从森林接待中心的客房那里出发，客房边上，就栽着几棵桂花树。花累累地开着，香甜的气息，一波复一波。我从旁边经过，它们慷慨地赠我一车的香。

我驮着一车的桂花香，穿行于杉树林和杨树林中。上午的森林里，起了风，一阵一阵的，树叶便跟着一声高一声低地应和着。一会儿吟哦，作诗一般的。一会儿长啸，豪气冲天。一会儿又变成淑女，素手弄琴。一会儿化身为壮士，敲着铁板，唱着大江东去，大江东去。

十月的天，有了寒。轻寒。这样的寒，让人的神经变得格外敏感，一点点暖，一点点亮，一点点声响，都能在心中铺出一片温柔来。何况，还有缠绵不休的桂花香。

是森林管理者的用心了，他们在森林里，也栽了些桂花树。不多，只在每条小径的拐角处，栽上一两棵。也只要那样的一两棵，够了。多了，就泛滥了。泛滥了，就流俗了。流俗了，就少了它应有的动人了。赏心只需两三枝。这两三枝，足以供养一颗心了。

我被桂花香迎着，觉得尊贵。我停车，在它的身边待上一待，也不知要跟它说些啥。只微笑着，望着那一树细密的金黄。

没有人。多好。没有人。早晨那些欢叫的鸟们，此刻，也不知去了哪里。偶尔一两声虫鸣，像呓语，响在林子更深处。天地间，只剩下静。除了风偶尔路过。

我在小径旁的一条长凳上坐下。一圈儿的阳光，泊在那儿，泄泄融融。我坐在那圈阳光里。不用急着去哪里，也没有什么人催着我走，也不要去想森林外的事。我做什么，或不做什么，完全听凭自己做主。

还是要想到梭罗，那个可爱的美国人，他住在他的瓦尔登湖，幸福满满地说，我浏览一切风景，像个皇帝，谁也不能否认我拥有这一切的权利。

这会儿，跟他一样，我也像个皇帝。

一只小虫子飞来，歇在我的衣袖上。它把我当作一棵草，还是一朵花了？我没有惊动它，任它歇着。我的身前身后，小野花们黄一朵紫一朵的，肆意无序地开着。它们好似来此游玩的仙童，在偌大的森林里，甩开脚丫奔跑。一只蝴蝶，橘黄的，艳艳的，和一朵蒲公英亲吻了许久。野葡萄的花，细碎得像小米粒，结出的果子，却有着透明的紫，跟小紫玉似的。能吃，我小时候吃过。我跑过去摘下几颗，放嘴里，酸酸的，童年的滋味。几只蜜蜂也不知打哪儿来，它们忙得很，一会儿去问候小野菊，一会儿又来敲野葡萄的门。桂花的甜香，飘拂过来。

　　我不知拿什么来形容眼前的事物，只觉得眼前样样都好。包括我这个人，亦是好得不能再好。我想对它们说，我们就这么好下去吧，好到地老天荒。

　　翻开木心的书。木心在聊希腊神话，他说希腊神话有种糊涂的美丽。

　　我突然为我眼前的事物，找到最好的注脚。原来这一切，都有种糊涂的美丽啊！它们你中有我，我中有你，不问来处，不想去处。就这样，待在一起，待成神话。

佳句
精选

◇◇ 花累累地开着，香甜的气息，一波复一波。我从旁边经过，它们慷慨地赠我一车的香。

◇◇ 赏心只需两三枝。这两三枝，足以供养一颗心了。

◇◇ 我的身前身后，小野花们黄一朵紫一朵的，肆意无序地开着。它们好似来此游玩的仙童，在偌大的森林里，甩开脚丫奔跑。

◇◇ 原来这一切，都有种糊涂的美丽啊！它们你中有我，我中有你，不问来处，不想去处。就这样，待在一起，待成神话。

等一个

月亮

我被一个月亮吓着了，那么大一个，亮澄澄的，像朵丰腴的白莲花。周围空无一物，云不见一朵，星星没有一颗，它就那么"开"在半空中，寂然欢喜。

这是寻常的夏夜。各家都大门紧闭，窗帘拉严，冷气打得足足的，把月亮隔在门窗外。我亦如此，膝上搁块毛毯，在灯下读书，读到一首好诗：

妹，我们就种一小片云南

自己播种，自己收获

在坡地上，种草，种烟叶

种小白兔，种大象、森林和苍茫……

我怔住，在这些含着清香的字眼上转悠，突然想种点什么。

譬如，种一丛小花。让它开出星星点点的颜色，在南来北往的清风中鲜妍。

或是种点青葱。在做菜的时候，往每只碗里搁一小根，绿绿的，香香的，像鱼一样游。

要不，就随便丢下一把种子吧，长草长花，悉听尊便。它们会让一小撮泥土，产生奇迹，活色生香。

这是种欢喜，种等待，种希望，种幸福。在少有传奇的人生里，我们总要种点什么，日子才有趣味，才会变得绵长。

我一刻也坐不住了，起身下楼，打开门，在小院子里寻泥盆。就在这时，一捧的月光，不由分说扑向我，迅捷把我淹没。我心里惊疑，有月吗？一抬头，便逢着了一个硕大的月亮，在我的头顶上方，殷勤探望，它光洁柔嫩的面庞，清澈得如一张少女的脸。

我简直不能动弹，就那么傻傻地立在小院当中，看着它。我的身前身后，满淌着银色的月光，粼粼，粼粼。彼时，清风不动，四周俱寂。

我真想唤醒一些人，来啊，快快推开你们的窗，看看外面这美丽的月亮！

细细想来，有点冤，我们一生中，错过了多少这样的月亮，辜负了多少这样的良辰美景？一年一度，我们盼着过中秋，好赏月，好念苏东坡的诗：

暮云收尽溢清寒，银汉无声转玉盘。
此生此夜不长好，明月明年何处看。

瞧，苏东坡都说了，此生此夜不长好的。我们以为，月亮也只有那夜才叫美。我们劳师动众，精挑一块靠近河岸的草地，旁有桂花树几棵，然后一圈人坐下来，吃着月饼，看一个大大的月亮爬上来。月影飘摇，暗香浮动，我们心里满溢的，是对月亮的赞叹。也有人为赏中秋月，不惜重金，坐了飞机飞去某风景区，在山上住下来。说是山中月色，别有风味。

原来，我们都被习俗蒙蔽了，哪个月夜，月亮不是绝美的？山中也好，平原也罢，它不欺不瞒，一样把光辉均洒。只要有心，每个月夜，我们都能重逢到欢喜和美。我们却用墙，用门，用窗，把自己囚禁，把月亮和自然隔绝在我们之外。我们不知道花开得好，风吹得软，不知道鸟的啁啾，云霞的绚烂，我们逐渐变得麻木，淡漠，呆板，无有生机。

还好，我遇见了今夜的月亮。从此，有月的夜晚，我必会打开窗，静静地，等一个月亮。

佳句
精选

◇◇ 我被一个月亮吓着了，那么大一个，亮澄澄的，像朵丰腴的白莲花。周围空无一物，云不见一朵，星星没有一颗，它就那么"开"在半空中，寂然欢喜。

◇◇ 在少有传奇的人生里，我们总要种点什么，日子才有趣味，才会变得绵长。

◇◇ 我的身前身后，满淌着银色的月光，粼粼，粼粼。彼时，清风不动，四周俱寂。

◇◇ 只要有心，每个月夜，我们都能重逢到欢喜和美。

跟着一朵阳光走

那日，我正收拾书桌，突然看到一朵阳光，爬到我的书上。一朵小花似的，喜眉喜眼地开着。又像一只小白猫，蹑手蹑脚着。

我晃晃书页，它便轻轻动了动，一歪头，跳到桌旁的一盆水仙上。在水仙的脸上，调皮地抹上一层薄粉。后来，它跳到窗台上。跳到门前的一棵树上。树光秃秃的，冬天还没真正过去，这朵阳光却不介意，它在赤条条的树枝上蹦蹦跳跳。它知道，用不了多久，那里会重新长出叶来。那时，春天也就来了。

我的脚步不由自主地跟过去，我要跟着一朵阳光走。

阳光跑到屋旁的一堆碎砖上。碎砖是一户人家装修房子留下来的，被大家当作了晒台。有时上面晾着拖把。有时上面晒着鞋子。隔壁的陈奶奶把洗净的雪里蕻，晾在上面，说是要腌咸菜。她半是骄傲半是幸福地说，她在省城里的儿媳妇，特别爱吃她腌的咸菜。

阳光在砖堆上留下了它的热、它的暖。它又跳到一小片菜地上。小菜地瘦瘦长长的，挨着一条小径。原先是块荒地，里面胡乱长些杂草，夏天蚊虫多，走过的人都速速走开，漠然着。后来，不知谁把它整出来，这个在里面栽点葱，那个在里面种点菜。还有人在里面栽了一株海棠。阳光晴好的天，海棠花凌凌地开了，一朵一朵，红宝石似的，望过去特别漂亮。大家有事没事，爱凑到这儿，看看葱，看看菜，赏赏花，彼此说些闲话。

谁也不曾留意，阳光已悄悄地，跳到了人的心里面。

现在，这朵阳光继续着它的行程。它走到一片绿化带上。绿化带上有树有草，也有花。草枯了，花谢了，然不要紧的，它会唤醒它们。我似乎听到它的耳语：生命还会重来，美好就在前面等着。

人是怀抱着希望在这个世上行走的，植物们何尝不是？

树是栾树，叶掉了，枝上留着一撮一撮干枯了的果。我伸手够一串，剥开，里面黑黑的珠子跳出来，和这朵阳光热烈拥抱。我想起有关栾树的记载，说是寺庙多有栽种，用它们的果粒来穿佛珠。

尘世万物，本就存了佛心的。

一只小鸟，在路边的草地里跳跃。它的嘴巴尖尖的、长长的，一身斑斓的毛。奇的是，它的头上，长了两只小小的角。我不识这是什么鸟，这无关它的欢喜安乐。它的头，灵活地东转西转、东张西望，仿佛初来乍到，对周遭的一切好奇极了。

这朵阳光，跳到小鸟的脚边，小鸟一定感觉到了。它低下头去啄食，一上一下，一上一下，怎么啄也啄不完。天空高远，草地温暖。

我微笑起来，干脆在路边坐下来，看小鸟，看阳光。阳光照强大也照弱小，阳光善待每一个生命。我们要做的，唯有不辜负。不辜负这朵阳光，不辜负这场生命。

佳句精选

◇◇ 那日,我正收拾书桌,突然看到一朵阳光,爬到我的书上。一朵小花似的,喜眉喜眼地开着。又像一只小白猫,蹑手蹑脚着。

◇◇ 谁也不曾留意,阳光已悄悄地,跳到了人的心里面。

◇◇ 阳光照强大也照弱小,阳光善待每一个生命。我们要做的,唯有不辜负。不辜负这朵阳光,不辜负这场生命。

捡 拾 幸 福

我上下班，常要从一条小巷过。有时骑车。有时乘车。也偶尔，会步行。

小巷很有些年岁了，两边的房都泛着灰。大多数是老式平房，有天井纵深。朝向巷道的一面，开着小店，卖些杂七杂八的日常生活用品。还有蛋糕店、馒头店、卤菜店、理发店、水果店、裁缝店，和一家报亭等。一些小摊见缝插针摆在路边，是些乡下农人来卖时令果蔬的。蚕豆上市了卖蚕豆。草莓上市了卖草莓。青菜上市了卖青菜。来自山东卖炒货的一对老夫妇，在一幢房的边上，搭了棚屋住，一住就是二十多年。炒货一袋袋，香喷喷，摆在棚屋门口卖。那里的空气中，便常拌着炒货的香。

巷道边上，长着成年的海桐、合欢、荷花玉兰和栾树，绿荫如顶。人是有福的，大多数时候，抬头就能见花。白，或红，大团的，或大朵的，总是不知疲倦地开。只是日日相见，我们多的是熟视无睹。步履匆匆，花白花红，不落一点到心里。

那日，我又经过小巷，照例行色匆匆。我走过一家小店，又一家小店，无意中一瞥，看见卖炒货的那对老夫妇，正守着他们的炒货摊，在合吃一只橘。午后三四点，风轻云淡，客少人稀，这清闲的一段时光，是属于他们的。他们肩并肩坐在那儿，你一瓣橘，我一瓣橘，吃得幸福满满的，脸上是闲花落尽后的安然。

我被他们手中的一只橘子击中，傻傻地看他们，看得眼睛微湿。我望见了这个尘世间最朴质的相守，无关山盟，无关海誓，无关富贵荣华，只要稍稍转过头来，你就能望见我，我就能望见你。

再看眼前的寻常，突然变得样样生动。那些旧的房，是生动的，一缕阳光斜斜地打在上面，波光粼粼，如小鱼在跳舞。守着小摊卖水果的女人，是生动的，唇上一抹红，印在她黝黑的脸上，分外夺目，显然，她是抹过口红的。有孩子的笑声，从幽深的天井里传出来，清脆丁零，是生动的，他在玩什么游戏呢？童年时光，寸寸金色。乡下来卖果蔬的老农，是生动的。他半蹲着，笑眯眯看街景，脚跟边，堆一堆新鲜的芋头。我买几只，想回家做芋头羹吃。他帮我挑拣大个的，殷殷说，全是地里长的呢。为他这一句，我笑了半天。

还有那些树，亦是生动的。我稍一仰头，就与一捧一捧的红蒴果相逢。那是栾树的果，望过去，像纸叠的红灯笼。它把生命的明艳，一丝不苟地写在秋的册页上。

迎面走过来的女孩，亦是生动的。她手捧一盆新买的玉簪，且走且乐，脚步轻盈，眉目飞扬。

我不再急着赶路，而是慢慢走，微笑着看。看天，看地，看树，看花，看人。我像踩着一朵云在走，心里充盈着说不出的美好。这个寻常的秋日午后，我捡拾到了大捧的幸福。那是一只橘子的幸福。一缕阳光的幸福。一抹口红的幸福。一朵笑声的幸福。几只芋头的幸福。一捧红蒴果的幸福。一盆玉簪的幸福。是这个恋恋红尘中活着的幸福。

佳句
精选

◇◇ 只是日日相见，我们多的是熟视无睹。

◇◇ 他们肩并肩坐在那儿，你一瓣橘，我一瓣橘，吃
得幸福满满的，脸上是闲花落尽后的安然。

◇◇ 这个寻常的秋日午后，我捡拾到了大捧的幸福。
那是一只橘子的幸福。一缕阳光的幸福。一抹口
红的幸福。一朵笑声的幸福。几只芋头的幸福。
一捧红菊果的幸福。一盆玉簪的幸福。是这个恋
恋红尘中活着的幸福。

每一颗种子，
都有它自己
的奇迹

一

长文竹的盆子里，冒出一棵小草来。起初也只那么一小点儿，一分硬币大小，羞怯怯的，试探式的。知道这是人家的地盘呢，它也只是贪玩了，来串门一回。

然试着试着，它的胆子就大起来，看文竹没什么反应，它干脆把文竹挤到一边去，自己在里面安营扎寨，大有喧宾夺主的意思。

我饶有兴趣的，每天跑去看看它。我很想知道，一棵小草到底会长成什么样子。

日子里，便充满期待，和成长的喜悦。

小草从不让我失望，它每天都会抽出一些新叶来，小指甲那么大。绿，绿得翠翠的、透透的。想着，摘了它，什么调料也不用放，生吃了，一定满嘴脆甜——我也只这么想着，没舍得摘它。

它也不时旁生出几枝茎。叫"枝"其实不准确，应该叫"丝"才是。是那么细小而柔软的茎，薄丝一般的，上面却缀满绿的叶。好像是谁一针一线给绣上去似的。

它居然，也开花了，花细小得像米粉。它就那么一边长叶、抽茎，一边开花，忙得很。

我很想对它说感谢。我知道它不爱听，它只管生长着它的。那么，我也只管静静赏着我的。它让我柔软，让我想对这个世界温柔。

它最终长成繁茂的一大捧。撑不住了，松松的，倒垂下来。表现得随意而疏离，像漫不经心的女子，松绾着发，松挽着衣，就那么斜斜地倚着门框，睥睨着你，眼中一抹似笑非笑的水色，让你一见，立即酥了骨头。

我拍了照片传上网。看到的人大惊，什么植物，这么漂亮!

哦，亲爱的，它不过是棵小草。

你看，一棵小草也可以美好成这样。

作为人类的你，更可以美好起来的啊！

二

每一颗种子，都有它自己的奇迹——这是植物们告诉我的。

我手上如果有一颗种子，我绝不会随手扔了它，而是会把它种在一盆土里。

我种过苹果、西瓜、柚子、桂圆、火龙果、荔枝、橘，都是吃完的水果种子。它们有的会发芽、成长，像柚子和火龙果，很快蓬勃出一盆的新绿来。大半年的时间里，它们都是我书桌上最美的景致。

有的，暂不会发芽。我也不难过。得之，是意外。不得，也在情理之中。我很享受的是这种可遇不可求的缘分。

我买洋葱，吃剩下的，放冰箱里。日子久了，半颗洋葱头竟在冰箱里发了芽。我找只花瓶，把它插进去，它就不停地长啊长，长出肥绿的一串儿。有人说它是风信子，有人说它是水仙花。——我得意，告诉他们，不是，是洋葱头啊。

洋葱头也有梦想的。

我还在泥盆里栽过生姜。生姜拱出的新绿，像竹，摇曳生姿，极有看头。我看书或写字累了，就踱到它身边去，一盆的新绿，染绿我的眼、我的心。这意外所得，如同赐予。

我还在碗里长过菜花，和小野菊。它们一律地，都端给我一盆的好颜色，让我的日子，充满欢喜和甜蜜。

不要埋怨生活不优待你。你要扪心自问的是，你优待过它吗？

还是请从一颗种子入手吧，爱它，珍惜它，你将收获到许多意想不到的快乐。那里面，期待有，惊喜有，美好有。更重要的是，它让你学会执着、柔软，和善待。

佳句
── **精选** ──

◇◇ 我很想对它说感谢。我知道它不爱听，它只管生长着它的。那么，我也只管静静赏着我的。它让我柔软，让我想对这个世界温柔。

◇◇ 每一颗种子，都有它自己的奇迹——这是植物们告诉我的。

◇◇ 洋葱头也有梦想的。

◇◇ 我看书或写字累了，就踱到它身边去，一盆的新绿，染绿我的眼、我的心。这意外所得，如同赐予。

◇◇ 不要埋怨生活不优待你。你要扪心自问的是，你优待过它吗？

◇◇ 还是请从一颗种子入手吧，爱它，珍惜它，你将收获到许多意想不到的快乐。那里面，期待有，惊喜有，美好有。更重要的是，它让你学会执着、柔软，和善待。

浅淡岁月，总有欢喜相守

等雪的。雪始终没来。

我的雪，它落在南方，它落在北方，它没落在我这里。

也罢。它不在这里，就在那里。它在，就总会惊喜一些心灵，和眼睛。

问过一个女子，你有过不快乐的时候吗？

那女子六十好几了。整天还是风风火火，说话嘎嘣嘎嘣的。她写戏剧，写影视剧本，写得风生水起。你靠她身边站着，总觉得有一团火在燃着烧着。

我问她这话的时候，她正往电脑里输字，笑嘻嘻回我，没有。

我不死心，你真的没有，一次也没有吗？我简直有点穷追不舍的意思。

她不假思索，答，一次也没有。

我怎么会不快乐呢？我没有时间不快乐啊。我也没有资格不快乐啊。你看吧，我能写字，能走能动，还能吃下一大碗饭，我有什么不快乐的？她说。

哈哈。她笑。

哈哈。我也笑了。

看一本书，里面全是关于衰老和死亡的。

衰老和死亡，是那样的无力和无奈。任你曾坐拥金山，才高八斗，也不得不全部缴械投降。

可是，能不能这样说，那一路的旖旎，原不过是为了到达终点的这刻。终点除了无力和无奈外，它还有宁静，还有终结，还有完满啊！从起点，到终点，能够走下来，就是一种完满和胜利。

我不哀叹。那不是一个人的终点，那是大团聚。因为，我们终将都到达那里。

　　养几盆小植物。文竹和萝卜头。

　　你就不知道萝卜头在水里面长出来，有多美。那小叶子有点像小女孩的眉睫。随便什么时候去看它们，它们都眨巴着绿绿的眉睫，冲着我笑。我忍不住要去爱。

　　怎么能不爱！日子里，只要你肯种下欢喜，长出来的，一定是欢喜。

　　浅淡岁月，总有欢喜相守。很好，很好的。

佳句 精选

◇◇ 它不在这里，就在那里。它在，就总会惊喜一些
　　心灵，和眼睛。

◇◇ 从起点，到终点，能够走下来，就是一种完满和
　　胜利。

◇◇ 日子里，只要你肯种下欢喜，长出来的，一定是
　　欢喜。

◇◇ 浅淡岁月，总有欢喜相守。

小欢喜

　　喜欢这样一种状态：太阳很好地照着，我在走，行人在走，微笑，我们对面相见不相识。心里却萌生出浅浅的欢喜，就像相遇一棵树、相逢一朵花。

　　路边的热闹，一日一日不间断。上午八九点的时候，主妇们买菜回家了，她们蹲在家门口择菜，隔着一条巷道，与对面人家拉家常。阳光在巷道的水泥地上跳跃，小鱼一样的。我仿佛闻到饭菜的香，这样凡尘的幸福，不遥远。

　　也总要路过一个翠竹园。是街边辟开的一块地，里面栽了数竿竹，盖了两间小亭子，放了几张石凳石椅，便成了园。我很爱那些竹，它们的叶子，总是饱满地绿着，生机勃勃，冬也不败。某日晚上路过，我透过竹叶的缝隙，看到一个亮透了的月亮，像一枚晶莹的果子，挂在竹枝上。天空澄清。那样的画面，经久在我的脑海里，每当我想起时，总要笑上一笑。

还是这个小园子，不知从哪天起，它成了周围老人们的天下。老人们早也聚在那里，晚也聚在那里，吹拉弹唱，声音洪亮。他们在唱京剧。风吹，丝竹飘摇，衬了老人们的身影，鹤发童颜，我常常看得痴过去。京剧我不喜欢听，我吃不消它的拖拉和铿锵。但老人们的唱我却是喜欢的，我喜欢看他们兴高采烈的样子，那是最好的生活态度。等我老了，我也要学他们，天天放声歌唱，我不唱京剧，我唱越剧。

路走久了，路边的一些陌生便成熟悉。譬如，拐角处那个卖报的女人，我下班的时候，会问她买一份报，看看当天的新闻。五月，她身旁的石榴树，全开了花，一盏盏小红灯笼似的，点缀在绿叶间，分外妖娆。我说，你瞧，这些花都是你的呀。她扭头看一眼，笑了。再遇见我，她会主动跟我打招呼，送上暖人的笑。有时我们也会聊几句，我甚至知道了，她有一个女儿，在读高中，成绩不错。

　　还有一家花店，开在离我单位不远的地方。花店的主
人，居然是个男人，看起来五大三粗的。男人原是一家机械
厂的职工，机械厂倒闭后，男人失了业。因从小喜欢花草，
他先是在碗里长花，阳台上长一排，有太阳花，有非洲菊，
有三叶草。花开时节，他家的阳台上，成花海。左邻右舍
看见，喜欢得不得了，都来问他讨要。男人后来干脆开了
一家花店，买了一些奇奇怪怪的小花盆，专门长花草。那些
小花盆里长出的花草，都一副喜眉喜眼的样子，可爱得很。
看他弯腰侍弄花草，总让人心里生出柔软来。我路过，有时
会拐进去，问他买上一盆两盆花，偶尔也会买上几枝百合回
家插。他每次都额外送我几枝满天星，说，花草可以让人安
宁。真想不到这样的话，是他说出来的。一时惊异，继而低
头笑，我是犯了以貌取人的错的。我捧花在手，小小的欢
喜，盈满怀。

　　也在路边捡过富贵竹。是新开张的一家店，门口祝福的
花篮，摆了一圈。翌日，繁华散去，主人把那些花篮，随便
弃在路边。我看见几枝富贵竹，夹杂在里头，蔫头蔫脑的，
完全失了生机。我捡起它们，带回家，找一个玻璃瓶插进
去。不过半天工夫，它们的枝叶，已吸足水分，全都精神抖

撺起来。

再隔几日，那几枝富贵竹，竟冒出根须来。隔了一层玻璃看，那些根须，很像银色的小鱼。我把它们放在我的电脑旁，无论我什么时候看它们，它们都是绿莹莹的。这捡来的一捧绿，让我心里充满感动和快乐。

曾经我想过一个问题：这凡尘到底有什么可留恋的？原来，都是这些小欢喜啊。它们在我的生命里唱着歌，跳着舞。活着，也就成了一件特别让人不舍的事情。

佳句 精选

◇◇ 喜欢这样一种状态：太阳很好地照着，我在走，行人在走，微笑，我们对面相见不相识。心里却萌生出浅浅的欢喜，就像相遇一棵树、相逢一朵花。

◇◇ 花草可以让人安宁。

◇◇ 曾经我想过一个问题：这凡尘到底有什么可留恋的？原来，都是这些小欢喜啊。它们在我的生命里唱着歌，跳着舞。活着，也就成了一件特别让人不舍的事情。

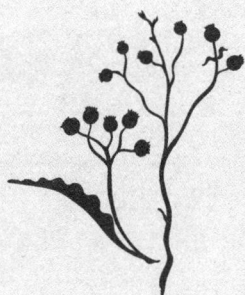

我们要在自己的心上，

种点什么才是，种花好，

种草亦行，

总之，不让它荒芜就好。

就像我妈那样，

她要种多多的荠菜，

赚多多的钱。

许明天一个梦想，

日子才会有着奔头。

许明天一个梦想

许明天 | 一个梦想

我妈要扩种两亩荠菜地。

她信心百倍地对我说，等这两亩地，全种上了荠菜，我可发大财了。

世事在变，不过几十年的工夫，有的已变得面目全非。我们除了接受，别无法子。荠菜——这种过去纯粹的野菜，现在，也被广泛种植，成家养的菜了。

我很怀念从前挑荠菜时的野趣。那时，一入春，乐事里有一大件，就是去寻荠菜。田间地头，到处都晃动着我们的小身影，眼睛紧紧盯着草丛，那些新冒出的小草，跟荠菜几乎同一色，一样的翠绿柔嫩。那当口，眼神儿一定要尖，寻着了，高兴得心花怒放，欢叫声响成一片。采回家去，烧荠菜豆腐汤，鲜得透心。如果运气好，还能吃上荠菜饼、荠菜饺子，那跟过节差不多，简直要让人乐上天去。就是单单加了油盐爆炒一下，也能诱惑得我们多添上一碗饭。

我妈不懂什么野趣不野趣的，她天天蹲在野地里，她就是野趣中的一个。我妈现在一门心思要种荠菜。她尝到了甜头，一个春上，她挑荠菜卖，居然攒下五千多块钱。

她喜滋滋地掰着手指头，给我们算账，说，明年，再多种上两亩地，我就能赚成万的钱了。到那时，我也是个有钱人喽，想买什么吃，就买什么吃，想买什么穿，就买什么穿。

我笑着看她，七十多岁的老太太，被这个美好的愿望点燃着，兴兴的，竟露出欣欣向荣的样子来。

我有点羡慕我妈了。一年四季，春种秋收，她的心里，从不落空，总有个梦想在支撑着她。

想起多年前，听过的一首歌，旋律好听。歌名更是起得好，叫《一千零一个愿望》。里面的歌词亦很励志：

　　心里有好多的梦想，未来正要开始闪闪发亮，就算天再高那又怎样，踮起脚尖，就更靠近阳光。

　　动画做得很精美，画面上，一头可爱的小猪。正努力地攀爬着一棵大树，它爬呀爬呀，摔下来一次又一次，怎么也爬不上去，却一点也不气馁。因为，梦想就在树上朝着它招手，一团的碧绿，一团的繁花似锦。而月亮和星星，闪耀着光芒，就挂在树梢头。

　　我被那头小猪感动了。更确切地说，我被一种叫梦想的东西感动着。只有心怀梦想，未来才会闪闪发光。

　　我们也曾如那头小猪一样，怀揣着梦想，一路向前。也遇到过挫折，有过彷徨，但因为有梦想在，热情就在，日子还是倍感充实。

　　只是，从什么时候起，我们却丢失了梦想？我们丧失了激情、抱负和憧憬，在光阴里沉沦。我们不再眼神熠熠，斗志昂扬。我们在迷惘中迷惘、在失望中失望，迷迷糊糊地混着时光。一下子，春天过去了，一下子，秋天过去了，一下子，一年又过去了。我们会自己跟自己妥协，说老了、晚了，就这么将就着过吧。

晚吗？在一个书法展上，我认识了一个八十多岁的老书法家。他退休前，是一所大学的教授。他的书法，得到了大家一致推崇，说有松柏之风，又骨格奇秀，非几十年的功力不能够。询问他，老人家笑眯眯地摇头，说，我才写了不到十年。他七十多岁了，才开始练的书法。

——面对这样的老人家，你还好意思说晚吗？

我们要在自己的心上，种点什么才是，种花好，种草亦行，总之，不让它荒芜就好。就像我妈那样，她要种多多的荠菜，赚多多的钱。许明天一个梦想，日子才会有着奔头。

佳句

精选

◇◇ 一年四季，春种秋收，她的心里，从不落空，总有个梦想在支撑着她。

◇◇ 我们要在自己的心上，种点什么才是，种花好，种草亦行，总之，不让它荒芜就好。就像我妈那样，她要种多多的荠菜，赚多多的钱。许明天一个梦想，日子才会有着奔头。

丰腴

四月最当得起"丰腴"二字。

它实在是，太丰腴了。

季节一到四月，如同民间女子走进皇宫，君王一回顾，她就成了贵妃了，一下子变得雍容华贵起来。光华灼灼！光华灼灼！让人真的不敢相认，她还是从前布衣荆钗的那一个吗！

这个时候，你怎么看，都是好的。躺着看，站着看，横着看，竖着看，落进眼底的，无一样不是兴高采烈的，不是饱满葱茏的。

花在不要命地开。

桃花、梨花、海棠、紫荆……哪一朵，都开得掏心掏肺的，都开得披肝沥胆的。

烂漫哪!

我在一树一树的花下走。头顶上或红或白，枝枝丫丫，都缀得满满的。心也就那么被填得满满的。随便往外一掏，都是一把好颜色，绚丽得让人能在瞬间被淹没。

风吹桃花。

风吹梨花。

风吹海棠。

风吹紫荆。

这世上，你还要怎样的好?我只想轻轻说，亲爱的，你慢些开吧，慢一些，不要急。

心里，忽地生出疼来，嫌它们开得太过火了。

怎么可以这么毫无保留!赤裸裸的，全是热烈，全是奔放哪。

是不是有种生命，只求这一瞬的燃烧?爱就要爱它个天翻地覆，死去活来。

这样的刚烈!

——爱原本就是件十分刚烈的事情。

像他，和她。一朝坠入爱河，分分秒秒也不肯撒手。也知道燃烧到顶点，会烦了倦了谢了，可那是将来的事。这一刻，他在，她在，他们心心相印，短暂的绚烂，足以照耀一生。

别笑爱情的疯狂。这或许才是爱的真正模样呢。我也想拥有这样的燃烧，哪怕就像飞蛾扑火，我的生命，也定会活出别样的意思来吧。

我盘腿坐在树下，让肩上落下一瓣两瓣的花。很想喝杯酒了。

真的，很想。虽然，我从不喝酒，且不会喝酒。可此情此景，唯有喝酒，才与之相配。

举杯俯仰之间，是把花也给喝进去了吧？我愿意，为之一醉。然后，就在花下小睡，睡成一朵丰腴的花，饱吸阳光，饱吸清风。我却似乎已活过了千年。

那人对我说，菜花贱。

是因为多。是因为不择地。是因为它不会隐藏自己一点点。

这时节，出门去，随便一搭眼，都能看到它的影。人家的花坛里，有那么几棵，也是开得轰轰烈烈的，丰腴得不得了。

它太把自己当主角了，让你有小小的不服，它怎么可以这么抢风头呢！

它还就是抢了。你认为它是平民小丫头，它却拿自己当公主。我看到一垃圾堆旁，也有一棵菜花，风姿绰约地在开。

你若移步到郊外，那才见识到它的不可一世呢。人家的屋，被它拥着抱着。屋旁的路，被它拥着抱着，一直蔓延到河边去了。河水里倒映着一地的黄，黄透了。天空也被染黄了呀。河里的鱼和水草，也被染黄了呀。你整个的人，也被染黄了呀。

美。真美。太美了。美得一塌糊涂。——你在它的丰腴里沦陷，实在找不出多余的词来形容它，你也只能颠三倒四地这么说。

贱命如它，终于让你刮目相看。

你看你看，有时出身并不重要。重要的是，你将以什么样的姿势盛开。

还是向一朵菜花学习吧，只管走着自己的路，在自己的心上，铺上一片沃土，盛开出一片丰腴。

有一段日子，我想减肥来着。

因为，大家的审美标准都是，骨感美人的。

我刻意少吃，刻意锻炼，反正怎么折腾能瘦下去，我就怎么折腾自己。

当我在四月的花跟前走了一走，我突然惭愧了。

没有一朵花，想着去减肥的。它们爱怎么开，就怎么开。能开得有多丰满，就开得有多丰满。

即便是一朵蒲公英，即便是一小朵婆婆纳，也竭力让自己变得丰腴。

那是美。

丰腴，也是一种美的。

中学时，跟同学回家。同学的母亲突然从屋内走出。其时天色将晚，光线暗淡。可是，她的母亲往门口一站，我的眼前，立即有种光芒四射的感觉，个高微胖的一妇人，面皮白，笑容温暖亲切，我几乎在一瞬间就喜欢上了。

多年后，我回忆，还记得她甫一出现时，我的惊艳。现在我想，若是换作一清瘦的干巴巴的妇人，断不会留下这样的美好记忆的。

我也要按我自己的样子开放。不妨丰腴一点，再丰腴一点，从身体，到心。

佳句 精选

◇◇ 我在一树一树的花下走。头顶上或红或白，枝枝
丫丫，都缀得满满的。心也就那么被填得满满
的。随便往外一掏，都是一把好颜色，绚丽得让
人能在瞬间被淹没。

◇◇ 这一刻，他在，她在，他们心心相印，短暂的绚
烂，足以照耀一生。

◇◇ 举杯俯仰之间，是把花也给喝进去了吧？我愿
意，为之一醉。然后，就在花下小睡，睡成一朵
丰腴的花，饱吸阳光，饱吸清风。我却似乎已活
过了千年。

◇◇ 还是向一朵菜花学习吧，只管走着自己的路，在
自己的心上，铺上一片沃土，盛开出一片丰腴。

◇◇ 我也要按我自己的样子开放。不妨丰腴一点，再
丰腴一点，从身体，到心。

养
心

养颜，都知道。女人尤其，总希望自己是个不老的传奇。各类化妆品层出不穷，整容机构在大把赚着钱。

男人也不甘落后，人到中年，格外。他们用一个词来不断提醒自己，保养——养身、养颜。总想使自己的皱纹少一点，皮肤紧一点水一点，永远地容光焕发。人见面，常猜测年龄，总换来惊讶，说，呀，看不出你都四十好几了，像三十岁的小伙子哎。这边听着，心里便得意得冒泡泡。

忽略的，恰恰是养心。

心才是最易苍老的。

林黛玉对贾宝玉爱到极致，说了一句，我只为我的心。那一句，说得天也荒，地也老，竟是荒凉到孤岛之上。谁懂？！谁懂她的心！

你以为眼泪流在眼底。不，不，其实，是流在心底。你欢不欢喜，你疼不疼痛，心说了才算。

秘密藏在心里，是最让人没办法的。唉，总不能变成虫子，钻到你的心里去。但情到深处，却不要说出来，不要说，彼此的心，都懂的。

若是遇到一个懂你心的人，请不要辜负了。

心有多大呢？

它能容纳下这世上所有的相遇和别离。

当心再也盛不下时，整个的人，也就彻底崩溃了。

记得小时，后邻有女子，温婉有致，贤惠善良。某天，因受巨大伤害，突然精神失常，也不骂人，也不打人，只管自己对着一处发呆，口中念念的。

人去看她，她揪着自己的胸口对人说，我的心，疼呀，疼呀，疼呀。

看不见、揉不得的心！才真是疼。

　　肌肤受伤，可以慢慢治愈。心受伤了，是一时半会儿好不了的。

　　所以才有，暗自疗伤。

　　这个时候，唯有给时间一些耐心、再一些耐心，才会让心慢慢从伤痛中走出。怕只怕，到时走出来的心，也是千疮百孔的了。

　　一二十岁时，看到一个句子，哀莫大于心死。觉得特深沉，还把它特地抄录到笔记本上，不时拿出来炫炫，装装深沉。

　　那时能有什么哀呢！左不过是看见一瓣落花，会小小伤感一下。吟哦一句刚学会的古诗词：泪眼问花花不语，乱红飞过秋千去。又或是对着夕阳西下，感慨一下，日光流逝，又近黄昏。

　　等到了一定年纪，才懂得，心死了一点儿也不好玩，那是心如止水，心如死灰，是再不见一点生命的激情和波澜。

　　活着，如同死去。那才真的可怕。

　　每个人，都是一个江湖。

　　人在江湖，心会疲惫，会苍老，会干涸。

这个时候，就必须留点时间和空间给心，养着它。

如养玉一样的，心也才会光润。

认识一女人，家境颇为艰难，为生之计，就是在菜市场口，摆一小摊，卖卖小物件。但每晚回家，她必给自己做上一两道小菜，用精致的小盘子装了，然后开了音乐，很有诗情画意地，享受她的晚餐。她说，悦目才能赏心，我要让我的心，在劳累一天之后，还是欢欢喜喜的。

欣赏她。纵使她活得再卑微，她的心，也活得很高贵。

要学会养心。

用美物养它。用美食养它。用诗歌养它。用音乐养它。用花鸟虫鱼养它。用鸟鸣雀叫养它。用雨声养它。用风声养它。

嗯，如果你有半天闲，不妨睡到草地上去，让心晒会儿太阳吧，心会很高兴的。

佳句
___ **精选** ___

◇◇ 心才是最易苍老的。

◇◇ 给时间一些耐心、再一些耐心，才会让心慢慢从
伤痛中走出。

◇◇ 每个人，都是一个江湖。

◇◇ 如养玉一样的，心也才会光润。

◇◇ 要学会养心。
用美物养它。用美食养它。用诗歌养它。用音乐
养它。用花鸟虫鱼养它。用鸟鸣雀叫养它。用雨
声养它。用风声养它。

初心

初心是什么？

是春天的第一棵嫩芽，刚刚钻出土来；是秋天的第一滴晨露，栖落在花蕊间；是夏天的青荷，送出第一缕香；是冬天的飘雪，在大地上印上初吻。

是大敞特敞的门户，热切地拥抱一切。哪怕风雨雷电。哪怕毒蛇猛兽。

初心里，哪有什么风雨雷电呢！哪有什么毒蛇猛兽呢！是相信这个世界的所有。相信鲜花。相信彩虹。相信笑容。相信温柔。相信纯真和善良。相信承诺。哪怕是谎言，哪怕是欺骗，也是坚信不疑的。

是那样竭尽全力想对一个人好，想爱这个世界，想与之天长地久。

是看不得悲伤、眼泪和疼痛。

是没有得失恩怨，没有猜忌、不安和阴谋。

是毫不设防。

是随时随刻，准备倾囊相赠。

花好月圆。日日都是人间四月天。

羡慕小孩子。

每个小孩，都有一颗初心。

看两个陌生的小孩初相见，是颇有意思的。

根本不用大人引荐，他们早已从对方身上，嗅出同类的气味。像两只小狗相遇，就那么好奇地、专注地，打量着对方，仿佛在打量另一个自己。

然后，一个突然不好意思地跑开去，把一张小凳子搬来搬去，弄出很大的响声。甚至不顾大人的阻挠和斥责，故意把沙子撒到吃饭的碗里。其实哪里是玩，只不过用这种方式，吸引另一个注意。眼神清清楚楚地是朝着另一个的，那里面在热切地无声地说，你也来呀，你也来呀。

另一个立即读懂，欢快地跑过去，跟着玩起来。

笑是他们最好的语言。他们挨在一起，一个笑，咯咯咯。另一个笑，咯咯咯。也没什么好笑的，但他们就是望着对方，笑个不停。

他们一笑，全世界的花儿都开了。

也只一盏茶的工夫，他们俨然已成旧相识，到哪里都手牵着手的。他奔跑，她也奔跑。她跳跃，他也跳跃。她绕着一棵树转圈，他也绕着。他叫她，佳佳妹妹。她喊他，阳阳哥哥。是两支小溪流相遇，欢欢喜喜地汇聚到一起，心里倒映着一个蓝天。

告别时，已变得难分难舍，总要哭闹好久。

是真心的舍不得舍不得呀。全世界所有的玩具都拿来，也不敌眼前的这个哥哥和这个妹妹呀。

大人们只觉得好笑，以为小孩健忘着呢，对他们这小小的初心，哪会当真。只是哄骗着，明天还会再来玩的呀。

他们破涕为笑，信以为真。哪里知道，人生有些相遇，只是偶尔的路过，再回不了头的。

过了小半年，他和她，玩着玩着，忽然丢下玩具，出一回神，嘴里碎碎念道，我想佳佳妹妹了，我想阳阳哥哥了。

是一朵花和另一朵花相遇，稍稍点一点头，就有无限的好意。初心晶莹，无关江山，无关风月，只关乎一个他，只关乎一个她，只想在一起，在一起。

不忘初心。有几人能做到不忘呢？

初相见，他对她说，我会一辈子对你好。眼神清亮，誓言叮当，地老天荒。

然一辈子太长了，走着走着，也就走岔了道。他不是他了，她亦不是她。陌上相逢，只剩陌生。

林黛玉说，早知今日，何必当初。

傻姑娘。她不知道的是，今日哪能和当初相比，当初捧出的是颗初心哪！是天也透亮，地也透亮。

人越长大，离初心就越远。

世间坚守一段生命容易，坚守一段初心，却难。

我们都把初心给弄丢了。

佳句 精选

◇◇ 他们一笑，全世界的花儿都开了。

◇◇ 初心晶莹，无关江山，无关风月，只关乎一个他，只关乎一个她，只想在一起，在一起。

◇◇ 然一辈子太长了，走着走着，也就走岔了道。他不是他了，她亦不是她。陌上相逢，只剩陌生。

◇◇ 人越长大，离初心就越远。

◇◇ 世间坚守一段生命容易，坚守一段初心，却难。

深情

写下"深情"这个词时，我想到浓酽如酒的夜；想到冬霜在玻璃上开了花；想到香郁的咖啡；想到雨后的池塘，一池的莲花，笑微微的。

想到地广天阔的野外，一棵树对着另一棵树。

一只鸟对着另一只鸟。

一只羊跟着一只蝴蝶跑。

想到雨打芭蕉，秋风对枯荷。想到黛玉说："我只为我的心。"

想到凤凰古城，沱江边的埙。轻轻一吹响，远古的气息，就风尘仆仆赶来。愿得一心人，白头不相离。

想到四千四百四十四米之上的羊卓雍措，那蓝玉一样的蓝。

多像一滴千年的眼泪，掉在上面。

是断桥边，白素贞那肝肠寸断的一声叫："相公哪！"千年的蛇精，也难逃一个"情"字。

是金岳霖得知林徽因离世，一个人关在办公室里号啕。而她的生辰，他给牢牢记住，每年都替她庆贺。记者登门采访，亦得不到他对她的任何话，他说，我所有的话，都应该同她自己说，我不能说。最后，却像个孩子似的，贪恋地看着记者手里林徽因的放大照片，请求道："你能把这个，送给我吗？"

这世上，最深的情，最真的爱，不是朝夕厮守，而是在距离之外，为你守望。

在一条巷子里，也总是会遇到一对老夫妇。

巷子是条老巷子，我上下班必经之路。巷道两旁植有石榴树和七里香，是我喜欢的。花开时节，石榴树上像悬着无数盏小红灯笼，一路挂过去。而七里香碎碎的小白花，像极满天星，把花香洒得密密麻麻，绊住了人的脚。这个时候的巷道看上去，有点世外桃源的意思，人人脸上都是和善静好的样子。

这对老夫妇，出来散步了，在黄昏时分。

老妇人坐在轮椅里，鹤发童颜。尤其是她的一双眼睛，饱满且亮，孩童般地欢欢喜喜着。她身后的老先生，清瘦矍铄，温文儒雅，推着她缓缓而行。他们仿佛是从杏花暖阳中走出来的。巷道两边都是他们的老熟人了，他们不停地跟这个打招呼，跟那个打招呼。一样的笑容，一样的语调，是花开并蒂莲。

一个数字足以说明一切，她瘫痪，三十余年。他守着，三十余年。

听闻的人，先是发一回愣，看着他们，半天，才冒出一句："不容易哪。"

情起容易，难的是，一往而深。

她爱他，是那种偷偷藏在心里的。罗敷未嫁，然君却有妇。她与他之间，注定隔着一水盈盈。

可是，不能忘啊。过尽千帆，他还是她心中的唯一。

　　她去他住过的乡下，走他曾走过的路。在他出生的那个偏远小镇，她坐在邮局门口的石阶上，看两个稚童追逐着玩耍。想他也曾是其中的一个，她笑出两眶的泪来。

　　她去他念过书的小学，趴在铁栅栏上朝里望。守门的大爷问："姑娘，你找谁？"我找谁呢？她在心里问。茫然半天，她只得笑着摇摇头，说："我不找谁。"走过的每一个少年，都是他的曾经呵。

　　她后来去了他的老家。那个石头垒成院墙的小院子，她在他拍的照片上见过。小院子里有灯光渗出，他爹娘的声音，喁喁地响在院墙内。她多想敲门进去，终究没。她把一朵小野花，插在他家的院门上。对着看一看，再看一看。天空暗下来。星星们出来了。凉薄的露，打湿了衣。她该走了。

　　该走了。她转身，在心里默念着他的名字，一遍，一遍。她说，我走了。

　　今生今世，也就这样了，能想念多久，就想念多久。他永远也不会知道。

　　电影《情书》里，渡边博子给天堂里的藤井树写信：

"亲爱的藤井树，你好吗？我很好。"

我的窗外，雪开始飘了，一朵一朵，似茉莉花开。是等了很久的雪。

渡边博子在雪地里跑，一边跑，一边撕心裂肺地喊叫，你好吗？你好吗？你好吗？

我紧紧身上的衣，真冷。起身找一件毛毯，覆在膝上。绿蚁新醅酒，红泥小火炉——此刻，真想有啊。还有，陪伴着共饮的那一个。

一个人的信息适时抵达："下雪了，你还好吗？"隔着夜幕沉沉，我怔怔地看着这一句，胸口突然一阵发热。

你还好吗？

只这一句问，便顶过世上千言万语。

佳句

精选

◇◇ 这世上，最深的情，最真的爱，不是朝夕厮守，
而是在距离之外，为你守望。

◇◇ 情起容易，难的是，一往而深。

◇◇ 过尽千帆，他还是她心中的唯一。

◇◇ 你还好吗？
只这一句问，便顶过世上千言万语。

不要让心长出皱纹

一帮中年人聚会，一女人盯着我细看，冷不丁来了句，你脸上怎么还没长皱纹？

去理发店。帮我洗头发的小女孩的手，鲜嫩得跟青葱似的，她在我头上弹啊弹啊，弹着弹着，突然顿了手，甜甜地问，阿姨，你的头发怎么这么黑，一根白的也没有？

跟陌生朋友见面，他们总要疑惑地，对着我上上下下，打量了又打量，问，你儿子果真那么大了吗？你看上去不像啊。

像？什么才叫像？就像小时写作文，写到母亲，必是皱纹密布的一张脸；黑发里，必是霜花点点；必是背驼腰弓，沧桑得不得了；必得有一点老态，才叫正常。仿佛到了一定年纪，非得烙上这个年纪的印记不可。涂红指甲，不可以！穿花裙子，不可以！你因一件好玩的事，忘情地跳着笑着，不可以！你还拥有好奇、激动、热血，不可以！

街上的喧腾热闹，都不带你玩了。新奇新鲜的玩意儿，都没你的份了。衣服也只能挑黑蓝紫的，质不必高，能遮身就行。出门不必化妆打扮，因为没人注目到你身上。时尚的话题，你没一句插得上嘴。你一边待着去吧，别碍手碍脚的，最好自个儿识趣地，搬把椅子，去太阳下打打盹。或养只小猫小狗，打发时光。你慢慢、慢慢地退到角落里去，没有人留意你的喜怒和悲欢，你被世界遗忘，渐渐地，你也被自己遗忘。

这叫什么逻辑！

我偏不！我想唱的时候，我就大声唱。我爱跳的时候，我仍忘情地跳，只要我还能跳得动。我还是爱囤积发圈、胸针、手链、挂件诸如此类的小物件。我还是好探险，喜欢跑到幽深的更幽深的地方去，因意外发现一棵开满花的老树，而万分惊喜地欢叫。对了，我还买了一堆气球放家里，没事时，吹着玩。

我堂哥，五十好几的人了，头顶已秃过半，眼角皱纹堆积。我们虽不常见面，但每次见面，我都喜欢跟他黏在一起，因为他好玩。有一次，我在房间做事，他在客厅，我突然听到客厅里传来他哈哈的笑声。我跑去看，发现他正在看动画片，动画片里，一只小老鼠把一只猫捉弄得狼狈不堪。我堂哥指着动画片叫我看，笑得上气不接下气，他说，你看，你看，你看那只小老鼠！那一刻，他可爱得让我想拥抱他。

人活的，原不是年纪，而是心态。只要心态不老，你就永远不会老。

记得我在念大学时，一老太太教我们历史。我们一帮青春娃，开始都很排斥她。可等听她上了几节课后，我们却一下子都狂热地爱上了她。她喜穿水粉的衫子，又描眉，又画唇，真是好看。上课时，她的肢体语言十分丰富，讲起历史典故来，眉飞色舞，引人入胜。课后，我们围住她聊天，她教我们怎么打蝴蝶结，告诉我们去哪条老街可以淘到好看的包和鞋子。春天，她和我们一起外出踏青，在闹市口，她买一艳丽的鸡毛掸子扛着。桃红鹅黄的鸡毛，插在一根长长的竹竿上，她扛着这团艳丽，在人群里走，实在招摇。我们虽不明所以，然跟着她的这团艳丽走，满心里，竟都是说不出的快乐和好玩。等走过闹市区，她这才对我们悄语，说买这个，是想扑蝴蝶来的。

好多年过去了，每每想起她，人群中的那团艳丽，和她一脸的小天真小狡黠，都令我不由得从内心里，散发出欢笑来。

我知道，有一天，我的脸上也会长出皱纹。我的头发，也会渐渐变白。我也终将老去。时光，这把镂刻岁月的刀，我也控制不了。但我，大可以让心，不长出皱纹。像我的历史老师那样，永葆着一颗童心，去好奇，去发现，去欢喜，去开怀。这对自己来说，是有福的，对身边的人、对这个世界，亦是有福的。多一份童趣，少一份怨恨和暮气，多好玩啊。

佳句
精选

◇◇　人活的，原不是年纪，而是心态。只要心态不
　　　老，你就永远不会老。

◇◇　永葆着一颗童心，去好奇，去发现，去欢喜，去
　　　开怀。这对自己来说，是有福的，对身边的人、
　　　对这个世界，亦是有福的。多一份童趣，少一份
　　　怨恨和暮气，多好玩啊。

没有谁在原地等你

半夜三更，你跑来对我哭诉他的变心，首如飞蓬。你说当初他苦苦追你时，信誓旦旦，许诺过一生一世。婚姻十年，你付出太多，你甘愿放弃一切，做着全职太太，为他洗手做羹汤，为他生儿育女。他现在事业有成了，拣着高枝飞，竟要抛下你这个糟糠之妻。

当初的誓言都是假的！假的！他就是个陈世美！你恨恨。

我看看你，委实吃惊。记忆中的你，粉衣白裙，款款走在三月的花树下。你念过不错的大学，弹得一手好古筝，还会画些小画，虽不是光芒万丈，但也是灿若明珠一颗。

而现在，你发胖的身体，随意套在一件家居服里。你满脸都是怨怼和愤恨，你已跌落尘埃，成了一颗玻璃珠。

你还弹古筝吗？我问。

你愣一愣，不解地看着我，啊一声，说，早就不弹那个了，手指都僵硬了。

哦。我为你可惜。

我想讲一个小故事给你听。

多年前，我还是个小姑娘的时候，特别馋柿子。

对，就是那种软软的红红的，西红柿一般大小的，普通得不能再普通的水果。现在的农民种植多了，坡上地里，成片的。秋天的时候，柿子多得挂树上无人问津，只一任它挂着，小红灯笼似的，成了风景。

那时候却稀罕。我读书的小学边上，住一户人家，院子里长一棵很粗大的柿子树。十月的天，一树的柿子，黄澄澄的。那家人把柿子一只一只采下来，用洋石灰焙着。不消半天，那柿子就熟得红艳艳亮透透的。透过外面一层薄薄的皮，望见里面甜蜜的果肉在流淌。手上有零钱的孩子，下了课一路奔过去买。他们回教室时，吃得手上嘴上，都是红艳艳的汁液。我表面上装着不屑，心里却渴望得要死，眼睛的余光，扫到那红红的汁液，它的甜蜜，在我心里汇成小溪流，不息地流啊流啊。我以为，世上最好吃的东西，非柿子莫属。

后来，我终得闲钱一枚。午饭也顾不上吃了，我紧攥着那一枚硬币，迫不及待就往有柿子树的那户人家跑。当时，那家人正围坐桌旁吃午饭，他们奇怪地看着我，问，你做什么呢？我手里举着那枚硬币，我不好意思说是买柿子的，只嗫嚅着，低头踢脚下的土。那家妇人看看我手里的钱，似乎明白了，她说，家里没柿子了。我一惊，抬头看她，她的神情，没有一丝说笑的意思。我的心，一下子掉进冰窟窿里，委屈得快要哭了。我杵在那里，走也不是，不走也不是。妇人看看我，忽然叹口气，起身去了里屋，出来时，手上已托着一只红彤彤的柿子了。"这是留给我家大丫吃的，就剩这最后一个了，算了，给你吧。"她接过我手里的钱。

我不记得是怎么把那只柿子吃下去的。我只记得，那日的天空，有着不一般的蓝。校门口的小河边，开满了黄黄白白的野菊花，好看得要命。我快乐得一下午都想歌唱。

多年后，成筐又大又红的柿子放我跟前，我连碰都不想碰了，我早已不喜吃它。

是我变心了吗？从前对它深刻的眷恋，都是假的吗？不，不，柿子还是从前的柿子，而我，早已走过万水千山，见识过太多比柿子更好吃的水果。我的味蕾，已变得很挑剔。

所以，请不要怀疑当初的誓言，每一段感情，原都是真的。只不过，时过境迁，他已走过十万八千里，而你，还待在原地。

佳句
精选

◇◇ 我不记得是怎么把那个柿子吃下去的。我只记得，那日的天空，有着不一般的蓝。校门口的小河边，开满了黄黄白白的野菊花，好看得要命。我快乐得一下午都想歌唱。

◇◇ 请不要怀疑当初的誓言，每一段感情，原都是真的。只不过，时过境迁，他已走过十万八千里，而你，还待在原地。

爱与哀愁

我养过两条小金鱼，一红一白，像两朵小花，在水里开。

为这两条小金鱼，我特地买了一只漂亮的鱼缸。还不辞十来里，去城郊的河里，捞得鲜嫩的水草几根，放进鱼缸里。

专买的鱼食，搁在随手可取的地方。一有闲暇，我就伏在鱼缸前，一边给它们喂食，一边不错眼地看它们。它们的红身子白身子，穿行于绿绿的水草间，如善舞的伶人，长袖飘飘，煞是动人。

某天清晨,我起床去看它们,却发现它们翻着肚皮,死了。鱼缸静穆,水草静穆。我难过了很久。朋友得知,笑我,"它们是被你的爱害死的。"原来,给鱼喂食不能太勤,太勤了,会撑死它们。怅然。从此,不再养鱼。

我亦养过一盆名贵的花,叫剑兰。花朵橘红,叶柄如剑。装它的盆子也好看,奶白的底子上,拓印一朵秀气的兰花。一眼看中,目光再难他移。兴冲冲把它捧回家,当珍宝似的呵护着,日日勤浇水。不几日,花竟萎了,先是花苞儿未开先谢,后是叶片儿一点一点发黄、卷起,直至整棵植株腐烂掉。伤心不已,不明白,我这么爱它啊!还是朋友一语道破天机,"你浇水浇得太勤了,花给淹死了。"

自此,我亦不再养花。自知自己是个无法把握爱的尺度的人,爱有几分,哀愁就有几分。如同年轻时的一场爱恋。

那时,我满心里装着那个人,吃饭时,想他爱吃的。买衣时,想他爱穿的。天冷了,怕他冻着。下雨了,怕他淋着。路上偶尔看到一朵花开,也想着他,恨不得采了带给他。相处的过程,却不全是欢愉,他常常眉头紧锁,充满忧伤地望着我。那么近,又那么远,仿佛隔着山隔着水。我心里有不好的预感,只以为自己做得不够好,所以,更加倍对他好。到最后，他还是提出分手，分手的理由竟是，我太好了，他怕辜负。

爱一个人，原是爱到七分就够了，还有三分要留着爱自己。爱太满了，对他而言不是幸福，而是负担。这是经年之后，我才明白的道理。

我想起一个母亲，她结婚好几年，却一直没怀上。后来，她多方求医，终得一子。对那孩子自是宠爱有加，真正是含在嘴里怕化了，捧在手上怕跌了。就这样，那孩子一路被宠溺着长大，二十大几的人了，还是衣来伸手、饭来张口，整天不学无术。一不高兴，就对他母亲非骂即打。一天，他又伸手向母亲要钱，母亲没给，他动了怒，竟勒令母亲跪在地板上，一跪大半夜。一贯木讷的父亲，被激怒了，终于忍无可忍，趁儿子熟睡，一锤砸死儿子。警务室里，他的母亲哭得肝肠寸断，语无伦次说："作孽啊，作孽啊。"

为她痛惜，一个原本天真如雪的孩子，毁了。还有她，和她忠厚的男人，这辈子的伤痛，谁能疗治？

世上的道理，原都是这么简单，无论是爱物，还是爱人，都要有所节制。月满则亏，水满则溢，有时，太多的爱不是爱，而是巨大的伤害。

**佳句
___ 精选 ___**

◇◇ 爱一个人，原是爱到七分就够了，还有三分要留
着爱自己。爱太满了，对他而言不是幸福，而是
负担。这是经年之后，我才明白的道理。

◇◇ 世上的道理，原都是这么简单，无论是爱物，还
是爱人，都要有所节制。月满则亏，水满则溢，
有时，太多的爱不是爱，而是巨大的伤害。

奔跑 向着美好

阳光的影子，拓印在窗帘上，似抽象画。鸟的叫声，没在那些影子里。有的叫得短促，唧唧、唧唧，像婴儿的梦呓。有的叫得张扬，喈喈、喈喈，如吹号手在吹号子。

我忍不住跑过去看。窗台上的鸟，"轰"的一声飞走，落到旁边人家的屋顶上，唧唧喳喳。独有一只鸟，并不理睬左右的声响，兀自站在一棵矮小的银杏树上，对着天空，旁若无人地拉长音调，唱它的歌。一会儿轻柔，一会儿高亢，自娱自乐得不行。

鸟也有鸟的快乐，如人。各各安好。

也便看到了隔壁小屋的那个男人，他正站在银杏树旁。——我不怎么看得见他。大多数时候，他小屋的门，都落着锁，阒然无声。

搬来小区的最初，我很好奇于这幢小屋，它的前面是别墅，它的后面是别墅，它的左面是别墅，它的右面还是别墅。这幢三间平房的小屋，淹没在别墅群里，活像小矮人进了巨人国。

也极破旧。墙上刷的白石灰已斑驳得很，一块一块，裸露出里面灰色的墙面。远望去，像一堆空洞的眼睛，又像一堆张开的喑哑的嘴。屋顶上，绿苔与野草纠缠。有一棵野草长得特别茂盛，茎叶青绿，在那里盘踞了好几年的样子。有时，黑夜里望过去，我老疑心那是一只大鸟，蹲在那儿。孤单着，独自犹疑着，不知飞往何处去。他的小屋，没有灯光。

隐约听小区人讲过，他的父母先后患重病去世，欠下巨额债务，家里能变卖的东西，都变卖了。妻子耐不住清贫，跟他离了婚，并带走他们唯一的女儿。他成天在外打工，积攒着每一分钱，想尽早还清债务，接回女儿。

他的小屋旁，有巴掌大一块地，他不在的日子，里面长满野藤野草。现在，他不知从哪儿弄来一把锄头和铁锹，一上午都在那块地里忙碌，直到把那块地平整得如一张女人洗净的脸，散发出清洁的光。

他后来在那上面布种子，用竹子搭架子。是长黄瓜还是丝瓜还是扁豆？这样的猜想，让我欢喜。无论哪一种，我知道，不久之后，都将有满架的花，在清风里笑微微。那我将很有福气了，日日有满架的花可赏，且免费的，多好。

男人做完这一切，拍拍双手，把沾在手上的泥土拍落。太阳升高了，照得他额上的汗珠粒粒闪光。他搭的架子，一格一格，在他跟前，如听话的孩子，整齐地排列着，仿佛就听到种子破土的声音。男人退后几步，欣赏。再跨前两步，欣赏。那是他的杰作，他为之得意，脸上渐渐浮上笑来。那笑，漫开去，漫开去，融入阳光里。最后，分不清哪是他的笑，哪是阳光了。

生活或许是困苦的、艰涩的，但心，仍然可以向着美好跑去。如这个男人，在困厄中，整出了一地的希望——一粒种子，就是一蓬的花、一蓬的果、一蓬的幸福和美好。

佳句
精选

◇◇ 有一棵野草长得特别茂盛，茎叶青绿，在那里盘踞了好几年的样子。有时，黑夜里望过去，我老疑心那是一只大鸟，蹲在那儿。孤单着，独自犹疑着，不知飞往何处去。

◇◇ 那是他的杰作，他为之得意，脸上渐渐浮上笑来。那笑，漫开去，漫开去，融入阳光里。最后，分不清哪是他的笑，哪是阳光了。

◇◇ 生活或许是困苦的、艰涩的，但心，仍然可以向着美好跑去。

素心
如简

有好多年了，我一直居住在郊区，虽然离上班的地方远了些，但我喜欢那里的清幽。树木夹道，花草的香气，总是不分季节地在空气中缠绵。我喜欢沿着屋后的小道，漫无目的地走，走着走着，就走到人家的农田边上去了。我可以看看豌豆开花，青菜展开肥绿的叶，瓜藤上挂着绿宝石一样的果。

我也顶喜欢到一家厂房的门口去，那里新开了一家小店，卖面条，也卖米和菜油。有时懒了，不想做饭了，我就去买上一块钱的面条回来下。

　　小店实在袖珍，是厂房斜搭出来的一块廊棚，周围用砖砌了墙。原先大概是作收藏杂物之用，十来平米的样子，租金应该不贵。

　　开店的是一对夫妇，三十来岁的年纪，貌相普通，但看起来却清清爽爽。无论什么时候遇到，都能望见他们脸上的笑，憨憨的，亮亮的，让人觉得又亲切、又舒服。

　　夫妻二人配合默契，一个和面，一个必持了水瓢添水。一个称秤，一个则收钱。也没见孩子，倒见着流浪猫几只，在他们的店门口撒欢。他们用小花碗给小猫们喂食。有人拿起那花碗端详，可惜道："这么漂亮的碗啊。"他们只是笑笑，照旧拿小花碗给猫喂食。

　　当黄昏的金线，一丝一丝拉开，他们的小店就打烊了。人问："不做生意了？"他们笑答："不做了，要跳舞去。"都换上了鲜艳的衣裳，男人开电瓶车，女人在后面坐着，一溜烟往市区的广场去了。那里，每日里都有一群人，在黄昏时分起舞。

　　有时也见他们在店门口跳。旁有巴掌大的空地，上面种着葱，长着蒜。绿油油的，很招人。流浪猫三四只，黑花白黄，绒球球似的，在葱里面打闹翻滚。男人教女人走舞步，一二三四，一二三四。路过的人停下，看着，笑。惊讶的有，更多的，却是羡慕。大有大幸福，小有小幸福。能这样与幸福握手拥抱的，能有几人？

一次，我去买面条。女人正在包藕饼，洁白嫩润的藕片，云朵样堆在手边。她放下手上的活，冲我笑，"来啦？"麻利地给我称上一块钱的面条。

我说："包藕饼呢。"

她说："啊，对，我叫它素心饼呢。"

"为什么叫素心饼？"我好奇，这名儿太让人心动。

"我随便取的，你看，藕的这一个一个小孔，像不像心？"她拿起一片藕让我看，她脸上有孩子般的天真。屋外的天光，在藕孔里浮游，那些小孔，看上去，真的像一颗颗透明的心。

她装藕饼的盘子亦好看，白瓷的，上面盘着蓝色的碎花。她见我盯着她的盘子看，遂笑着告诉我，那是她挑的，她就喜欢漂亮的碗啊碟子的。"我家里那个人也喜欢。"她补充道。

我第一次认真打量他们的小屋。一条粉色的布帘子搭着，里面做了他们的起居室。面粉袋和米袋整齐地码在墙边。一个灶头的小煤气灶，挨门口放着。切面条的案板占去了屋内大半个地方，局促到转身也难。但装幸福，足够了。

男人去酒店送面条回来了。油锅里的油温升起来，翠绿的葱花撒下去，爆出香。男人探头进来，说："好香。"女人抬头冲男人笑，应道："饭就快好了。"

我提着面条跟他们告别，心变得快乐轻盈。我踩着林荫道上树的影子，向着我的小家走去，觉得这活着的有意思。素心如简，他的笑脸，她的笑脸，让一屋子的简陋，变得璀璨华贵。

佳句精选

◇◇ 大有大幸福，小有小幸福。

◇◇ 屋外的天光，在藕孔里浮游，那些小孔，看上去，真的像一颗颗透明的心。

◇◇ 切面条的案板占去了屋内大半个地方，局促到转身也难。但装幸福，足够了。

◇◇ 素心如简，他的笑脸，她的笑脸，让一屋子的简陋，变得璀璨华贵。

每一棵草都会开花

去乡下，跟母亲一起到地里去，惊奇地发现，一种叫牛耳朵的草，开了细小的黄花。那些小小的花，羞涩地藏在叶间，不细看，还真看不出。我说，怎么草也开花？母亲笑着扫过一眼来，淡淡说，每一棵草，都会开花的。愣住，细想，还真是这样。蒲公英开花是众所周知的，黄灿灿的，像小菊花。即便结果了，也还像花，白白的绒球球，轻轻一吹，满天飞花。狗尾巴草开的花，就像一条狗尾巴，若成片，是再美不过的风景。蒿子开花，是大团大团的……就没见过不开花的草。

曾教过一个学生，很不出众的一个孩子，皮肤黑黑的，还有些耳聋。因不怎么能听见声音，他总是竭力张着他的耳朵，微向前伸了头，作出努力倾听的样子。这样的孩子，成绩自然好不了，所有的学科竞赛，譬如物理竞赛、化学竞赛，他都是被忽略的一个。甚至，学期大考时，他的分数，也不被计入班级总分。所有人都把他当残疾，可有，可无。

他的父亲，一个皮肤同样黝黑的中年人，常到学校来看他，站在教室外。他回头看看窗外的父亲，也不出去，只送出一个笑容。那笑容真是灿烂，盛开的野菊花般的，有大把阳光栖在里头。我很好奇他绽放出那样的笑，问他，为什么不出去跟父亲说话？他回我，爸爸知道我很努力的。我轻轻叹一口气，在心里。有些感动，又有些感伤。并不认为他，可以改变自己什么。

学期要结束的时候，学校组织学生手工竞赛，是要到省里夺奖的，这关系到学校的声誉。平素的劳技课，都被充公上了语文、数学，学生们的手工水平，实在有限，收上去的作品，很令人失望。这时，却爆出冷门，有孩子送去手工泥娃娃一组，十个。每个泥娃娃，都各具情态，或嬉笑，或遐想，或跳着，或打着滚，活泼、纯真、美好，让人惊叹。作品报上省里去，顺利夺得特等奖。全省的特等奖，只设了一名，其轰动效应，可想而知。

学校开大会表彰这个做出泥娃娃的孩子。热烈的掌声中，走上台的，竟是黑黑的他——那个耳聋的孩子。或许是第一次站到这样的台上，他神情很是局促不安，只是低了头，羞涩地笑。让他谈获奖体会，他嗫嚅半天，说，我想，只要我努力，我总会做成一件事的。刹那间，台下一片静，静得阳光掉落的声音，都能听得见。

从此面对学生，我再不敢轻易看轻他们中任何一个。他们就如同乡间的那些草们，每棵草都有每棵草的花期，哪怕是最不起眼的牛耳朵，也会把黄的花，藏在叶间，开得细小而执着。

佳句
精选

◇◇ 每一棵草，都会开花的。

◇◇ 刹那间，台下一片静，静得阳光掉落的声音，都
能听得见。

◇◇ 从此面对学生，我再不敢轻易看轻他们中任何一
个。他们就如同乡间的那些草们，每棵草都有每
棵草的花期，哪怕是最不起眼的牛耳朵，也会把
黄的花，藏在叶间，开得细小而执着。

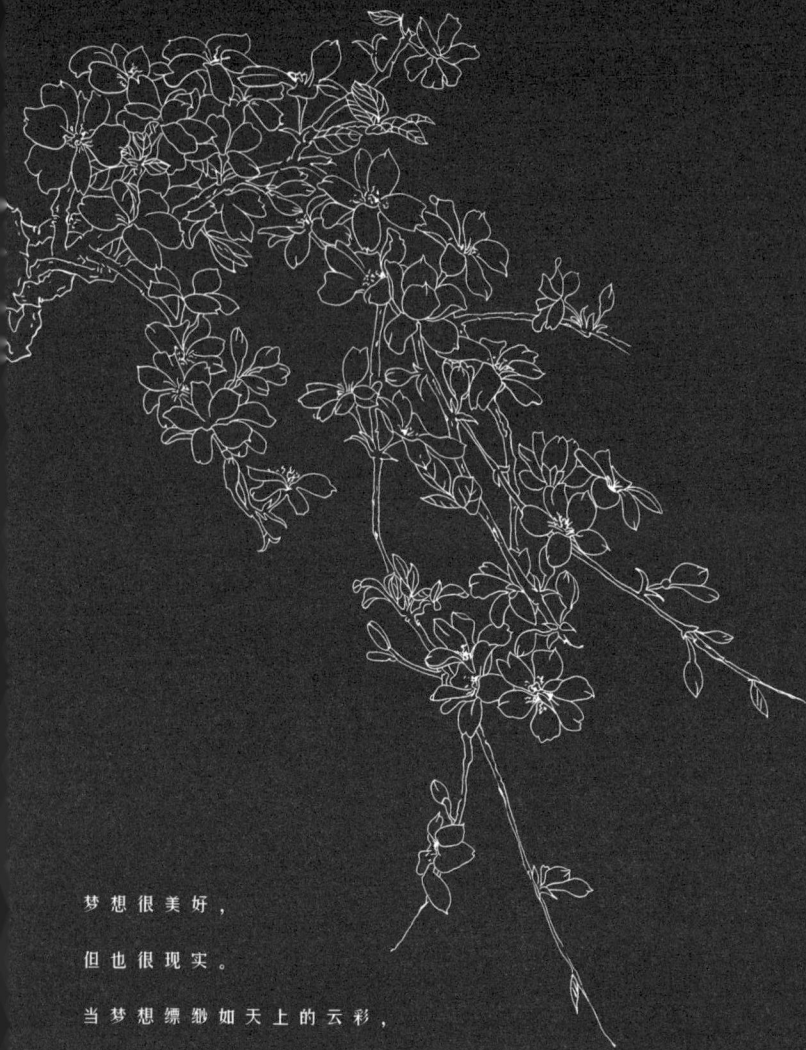

梦想很美好，

但也很现实。

当梦想缥缈如天上的云彩，

任我们再踮起脚尖，

也无法与它相握，

这时，

我们要学会的是，

适时放手，

让梦想拐个弯。

让梦想拐个弯

坚持

他和一拨人一起去爬山。

起初都是兴致勃勃着的，他们一路上赏花赏草，听流水叮咚，谈笑风生。可爬着爬着，就觉得无趣了，又累又单调。朝上望望，望不到顶，山峰似在云端，那么遥遥。

山顶上有人下来，一个个走得气喘吁吁。

"山上可有什么好玩的？"他们停下来相问。

答："没有，只一座破庙而已。"

这么辛苦地攀爬上去，只为了看座破庙？他们中有人动摇了，放弃了攀爬，留在半山腰，拍照——到此一游。留此存证。而后，这部分人满足地转身下山。此趟游山，算是告一段落。

他和另一部分人，继续向山上爬去。越往上，山路越是陡峭，他们爬得近乎虚脱。山顶上又有人下来，走得气喘吁吁的。他们停下来相问："山顶上可有什么好玩的？"

答："没有，只一座破庙而已。"

"哦——"坚持着的这部分人，轻呼一声，站在原地踌躇。他们劝他，上面就一座破庙，有什么看头呢？还不如早点下山去，找家茶馆，喝喝茶、打打牌。

他笑着摇头："不，你们回吧，我还是想上去看看。"这部分人见劝不动他，关照他几句，自行下山去了。他敲敲酸疼的腿，继续走着他的路。

途中，他遇到一只小松鼠。小松鼠跟个孩子似的，蹲在一块石头上，好奇地打量他。他跟它打招呼："嗨，小家伙，你好啊。"小松鼠听懂了似的，冲他点点头。又打量他一回，这才遁入身后的树丛中去了。

他嘴角含笑，快乐得像回到孩童时代。因这份快乐的支撑，余下的攀爬，竟轻松了许多。

他又遇到两棵奇树。树干是各自生长的，到树梢，却合二为一。像两个贴面拥抱着的人。自然万物，原也各有各的恩爱的。他站着看一回，莫名地感动。

他还遇到一块石碑。石碑上刻的字，已模糊。他弯腰辨认很久，辨认出其中几个字："当年萧鼓，荒烟依旧。"他想到元好问的《雁丘词》，心里好一阵激动。岁月的风雨有几番吹打呢？在这上山的路上，也将印着他的足迹。

他终于抵达山顶。诚如下山的那些人所言，山顶上的确只一座破庙。年代久远了，僧人的踪迹已无处可寻。他站定在庙门口，看着风吹进敞开的窗户，香火的气息，自岁月的烟尘深处飘来。他两眼微湿。浑身的酸疼都可忽略了，他的心里，只有欢喜——他来了，他没有错过。

有对上山来的年轻人看到他，非要拉着他合影不可。"老人家，您真不简单，能爬上这么高的山。"他们说。一左一右簇拥着他，笑对镜头。说回家之后，要把这张合影，常拿出来看看。这年，他七十有五。

他是在一次聚会时，遇见我，给我讲这个故事的。八十岁的人，看上去，不过六七十，话语铿锵，精神饱满。故事却平淡着，像一杯寡淡无味的白开水，我竟听得怦然心动。

我从他的故事里，读懂了两层含义：

之一，不管怎样的坚持，总会有所收获的。

之二，坚持到底，就是胜利。

我以为，一些干涸的心灵，是需要这杯白开水润泽的。

佳句
精选

◇◇ 自然万物，原也各有各的恩爱的。

◇◇ 他站定在庙门口，看着风吹进敞开的窗户，香火
的气息，自岁月的烟尘深处飘来。他两眼微湿。

◇◇ 不管怎样的坚持，总会有所收获的。

◇◇ 坚持到底，就是胜利。

人淡如菊

问阮新买了一只蓝瓷瓶，蓝宝石一样的，莹润剔透。瓶身丰满，瓶颈却细而长，宛如穿着大裙摆的小姑娘，在引颈起舞。阮说，春天你可以插枝桃花，夏天可以插枝荷，秋天可以插枝金桂，冬天可以插枝腊梅。

阮是开花店的。因喜欢花草，我经常光顾一些花店，由此结识了不少花店老板，每每有了新品种，他们总不忘给我发个短信，或打个电话。其中，就有阮。

阮不过三十出头，是这些花店老板中最年轻的，长相斯文，举止温和。他的花店，开在一条偏僻的巷子里，远离闹市。一小间平房，摆满各种花草，却取名：陶言瓷语。很特别。隔三岔五地，我会主动跑去阮的花店看看，不为看花，只为看看他装花的那些瓶瓶罐罐，一律陶瓷的，或活泼俏丽，或古朴素淡，或高贵典雅。阮常常出其不意地摆出一些来，颜色的纷繁自不必说，造型也别具一格，少有重样的。一株普通的花，凤仙花，或是秋菊，装在那些陶罐瓷瓶里，立马变得光彩照人。是灰姑娘走进王宫了。

价钱自然也不菲。来阮的花店逛的客，并不多，大多数人更愿意去买泥盆子装的花，便宜得很，三五块钱能买上一大盆，一季开完了也就完了，随手扔进垃圾桶，毫不可惜。阮的生意，便显得有些清淡，常常我去时，店里一片静。那些好看的瓶瓶罐罐，摆了一花架，有的上面开着花，有的没有，遗世独立的模样。劝阮，也顺带卖卖廉价的花嘛。阮只笑笑，并不在意，把一株开着小红花的海棠，移进一只浅灰的陶罐里，顺手标上价：200元。他把那罐海棠，摆到了店门口。走过的人，忍不住看上一眼，回头，再补上一眼。绿的叶，红的花，与浅灰的罐身搭配，像幅立体的油画。阮也不招徕，也不吆喝，一任大家看着，再走远。阮说，懂花的人，自然懂的。语气缓缓，像微风拂起清波。

也真是有人懂。常来阮花店里逛的，除了我，也很有那么几个老顾客。他们跟阮说说笑笑，把店里每样陶瓷都用眼光抚摸一遍，最后，把喜欢的打包了。并问阮，底下将有什么新作品。到这时，我方才知道，阮店里摆出的陶罐瓷瓶，原都出自阮的手。每一件，都是阮亲自设计的，再花了重金，到陶瓷厂定做。

曾经的辉煌，更让人吃惊。名牌大学毕业的，出国镀过金，披了一身光环回来，在大都市拥有年薪几十万的职位。一次旅途中，阮偶然与陶瓷相遇，从此爱上。加上自幼喜欢花草，遂辞了职，回到小城，开了这家花店。

我想过要问问阮，有没有为他的选择后悔过？但看着埋首在一堆花草中，静好得犹如那些陶罐瓷瓶的阮，我终究没问。有顾客来，看中店里一罐绿萝，不还价，爽快地付钱，当宝贝样地捧走。阮微微笑着，站在门口，目送着那罐绿萝远去。

有人羡慕阮，可以有勇气与众不同。有人又说他傻，丢掉优裕繁华，太不值得。到阮这里，都变得波平浪静了，阮只走着自己的路，人淡如菊。——这也是生活的一种，看似简单，是我们许多人望尘莫及的。

佳句精选

◇◇ 绿的叶，红的花，与浅灰的罐身搭配，像幅立体
的油画。阮也不招徕，也不吆喝，一任大家看
着，再走远。阮说，懂花的人，自然懂的。语气
缓缓，像微风拂起清波。

◇◇ 有人羡慕阮，可以有勇气与众不同。有人又说他
傻，丢掉优裕繁华，太不值得。到阮这里，都变
得波平浪静了，阮只走着自己的路，人淡如菊。

放慢脚步

高中同学 R，突然辞了职，放着百十万的年薪不要，从繁华旖旎的大上海，跑到遥远偏僻的海边滩涂去，租下一块地，搭了窝棚，修篱种菊，做起隐士。

这个消息，让我们吃惊。当年，R 是我们一帮同学中最为出众的，整日里像张鼓满风的帆，猎猎飞扬。他有句口头禅："时间不等人，再不努力，就晚了。"这句话常被老师拿来教育我们。

考大学时，R 毫无悬念地考上了重点大学。大学期间，他又因成绩格外优异，被保送读研。然后，出国读博。一路春风得意马蹄疾。

读博归来，向R敞开大门的大公司，有数十家。R最后选择了上海的一家，他认为，只有像上海那样的大都市，才更利于他施展拳脚。他如鱼得水，在公司的地位扶摇直上，一直做到副总。

我们有事路过上海，R很热情地招待我们。他白皙儒雅，意气风发，完全一副成功人士模样。却忙，和我们吃一顿饭的工夫，他接了几十个电话。我们打趣他："你真是个大忙人哪。"他歉意地笑："没办法，停不下来了。"有一回，他接了个电话，不得不中途撂下我们，说公司有急事，他得赶回去。他一阵风似的，走了。我们有些羡慕他，又有些同情他，总觉得他被什么绑架了，失了自由。

我们几个高中同学相约，找去海边滩涂，看望R。出现在我们眼前的R，让我们颇感意外。他变黑了，身体健壮，一件汗衫套着，跟当地的渔民别无二致。他正在搭一蓬黄瓜架子，说要长黄瓜。他身后的窝棚顶上，已爬满绿的藤蔓。他说，那是他长的丝瓜。几只鸡，在屋前的菜地里觅食。不远处，横亘着一条清澈的小河，河边野葵朵朵。小河过去是竹林。竹林过去是蓝天。看得我们心动，这真是块修身养性的好地方。

　　自酿的葡萄酒竟也是醉人的。R的脸微红着，告诉了我们一个秘密：三年前，一次例行体检中，医生宣判了他的"死刑"，肺癌，晚期。

　　接到宣判的那一刹那，他如五雷轰顶。他想他的一生，几乎都在疾走之中，沿途的风景，从没有欣赏过。"我不服啊！"R猛喝一大口葡萄酒，说。痛定思痛，他作出一个重要决定，临死之前，他要好好待自己，听凭心的喜欢，抛却俗世追逐，过几天真正属于自己的日子。

　　他来滩涂住下，种花种菜，安享自然。他过了一年。又过了一年。极意外地，他的身体竟朝着好的方向发展。再去医院检查，给他宣判过"死刑"的医生，直呼不可思议。R笑了，R真心实意说："现在，我才真的体会到，人生不用那么急着赶路，适当放慢脚步，才能更好地拥有。"

　　饭后，R领我们去海堤上听风。"海堤上的风是很有意思的，有时像吹长笛，有时像吹短号。"R说。他轻轻坐下来，微微闭起眼睛。风吹起他额角的发，太阳光爬上他的脸，他安详得像一棵草。我们看着，都心有所动。人的一生中，到底什么才是最重要的？有时，不妨放慢你前行的脚步，让生命沐着自然的光泽，生命才不至于早早枯萎。

佳句
精选

◇◇ 人生不用那么急着赶路，适当放慢脚步，才能更
好地拥有。

◇◇ 人的一生中，到底什么才是最重要的？有时，不
妨放慢你前行的脚步，让生命沐着自然的光泽，
生命才不至于早早枯萎。

让每一个日子，都看见欢喜

一个从小在都市长大的女孩，受过良好教育，通音律，会钢琴，还出国留过学。回国后，她在城里拥有一份让人称羡的工作，生活安逸无虞。一次偶然机会，她去大山里游玩，被大山深深吸引住了，从此魂牵梦萦。

后来，女孩毅然决然放弃了城里的热闹与繁华，跑到大山里，承包了土地种梨树。从没握过农具的手，在挖下第一个土坑时，手上就起了血泡。疼，疼得钻心。前来看她的母亲，抱住她哭，求她，我们回去吧。她却执意留下。当昔日的同事，坐在开着空调的咖啡厅里，听着音乐，品着咖啡时，她正顶着烈日，在给梨树施肥除草。渴了，就弯腰到山泉边，捧上一口溪水喝。累了，就和衣躺到草地上，头枕着山风，休息一会儿。

熟悉她的人，没有一个不说她犯傻。读了二十多年的书，接受了那么多现代教育，最后却把那些统统丢弃了，跑到大山里做起山民，这人生过得还有意义吗？

有记者拿了这个问题去采访女孩。女孩没有直接回答，而是带了记者去她的梨园。一路上，野花遍地，女孩边跑边采。时有调皮的小松鼠，从林中蹿出来，女孩冲它招招手。鸟亦多，两年的山里生活，女孩已能叫出不少鸟的名字了。梨花刚开过，青青的果，花苞苞似的冒出来。女孩轻轻掀开一片叶，让记者看她的梨。女孩说，你看，它们一天一天在长大，将会有好多人吃到它们的甜。

女孩是真心实意喜欢上山里的日子，清静，碧绿，还有鸟叫虫鸣常伴左右。女孩说，在这里，我每天都望见欢喜，我觉得很幸福。

女孩的故事，让我想起老家的烧饼炉子。烧饼炉子在老街上，我小的时候，它就在。摊烧饼卖的，是个男人，高高的个头，背微驼。他把揉好的面，摊在案板上，手持一根小棍，轻轻轧，轧成圆圆的一块。再挖一大勺馅，加到里面。把它揉圆，再摊开，撒上芝麻，贴到烧红的炉子边缘上。旁边等的人，会不时关照两句，师傅啊，多放点馅啊。师傅啊，多撒点芝麻啊。他一一答应。

他的烧饼炉子，一摆就是四十多年。他靠它，把两个女儿送进大学。如今，女儿出息了，一个在北京，一个在深圳，都有房有车，要接他去安享晚年。他去住了两天，住不惯，又跑回来，守着他的烧饼炉子。每天清晨五点，他准时起床，生炉子，和面，做馅。不一会儿，上学的孩子来了，围住他的烧饼炉子，小鸟似的，唧唧喳喳地叫，爷爷，多放点馅啊。爷爷，多撒点芝麻啊。他笑眯眯地应着，好，好。

你看，这一茬又一茬人，是吃着我的烧饼长大的。他呷一口浓茶，望着街上东来西往的人，无比安然地说。那只茶杯，紫砂的，也很有些年代了。问他，果然是。跟他三十年了，都跟出感情来了，成了他须臾不离的亲密伙伴。

人生到底怎样活着才有意义？我想，遵从内心的召唤，认认真真地活着，让每一个日子，都看见欢喜，这或许才是它最大的意义所在。

佳句

—— 精选 ——

◇◇ 梨花刚开过，青青的果，花苞苞似的冒出来。女孩轻轻掀开一片叶，让记者看她的梨。女孩说，你看，它们一天一天在长大，将会有好多人吃到它们的甜。

◇◇ 人生到底怎样活着才有意义？我想，遵从内心的召唤，认认真真地活着，让每一个日子，都看见欢喜，这或许才是它最大的意义所在。

与自己
和解

一只瓢虫，爬上我的书桌。我用一本书去挡它的道，它稍稍愣了会，仿佛有点纳闷。尔后它伸出触角，小心地碰了碰那本书，那本书对于小小的它来说，无异于一座山丘。

我以为它要一往无前的，然它放弃了。它果断地转身，向着别处爬去。我又用书去挡，它诧异地停下，重复先前的动作，用触角去碰那本书。等它确信，它不能推翻掉那本书时，它突然扇动翅膀，飞到近处的窗帘上。窗帘的柔软，让它觉得舒适，它稍事休息，又继续它的愉快之旅。我把窗子拉开一条缝，很快，它从那条缝隙里，爬出去了，它回到了它的自然里。

我在心里祝福了这只瓢虫，它很聪明，懂得适时放手，与自己和解。

我们人，有时却不及一只瓢虫。

认识一个叫荷的女子，才华横溢，写一手好文章，漫画也画得极有特色，是一家出版公司的图书策划编辑。出色的才干，让她很快脱颖而出，成了那家出版公司的顶梁柱。白天，她奔赴在一家又一家的图书市场，搞调研，写策划方案。晚上，她一头埋进约稿堆里，写作，画漫画。常常她的文章写完了，漫画画好了，窗外的天空，已发白。

"累，真累。"这几乎成了她的口头禅。她的日子里，仿佛覆盖着一场又一场大雾，茫茫复茫茫，无尽头。她没有时间完完整整听一首音乐，没有闲情去看一部电影。更遑论听听花开的声音，看看云飘的样子，她甚至没有时间，好好谈一场恋爱。

也知道这样的日子，过得很不是滋味，整天憔悴着一张脸，未老先衰，却不能停下奔跑的脚步。"我一天不努力，也许就被别人甩得远远的了。"她说。

重重压力之下，她变得越来越不快乐，最后，竟患上了严重的抑郁症。一天,她趁人不备,跳了楼。

惋惜!那些文章,她完全可以少写一些;那些漫画,她完全可以少画一点。生命之弦,原有它承载的极限和底线,绷得过紧,势必弦断。

朋友倩也曾是个十分要强的人。她经营一家大型超市,事必躬亲,事无巨细,常常累得人仰马翻,心情烦躁。直到有一天,四岁的女儿哭着对她说:"你不是我妈妈。"她大惊失色,忙问为什么。女儿答:"小朋友的妈妈,都陪小朋友玩,你从来没有陪我玩过。"

倩的心,像被一把锐器划过,尖利利地疼。那天,她放下手头一切工作,带女儿去逛公园,陪女儿去吃必胜客,她们一直玩到很晚才回家。月亮升起来了,皎洁圆润,她和女儿头挨头地一起看月亮。女儿摸着她的脸,稚嫩的声音,把她的心泡软,女儿说:"妈妈,你的脸像月亮,我好喜欢呀。"倩的眼睛湿了,那一刻,她忽然明白了,她想要的生活是什么。钱永远赚不完的,而与女儿的相守,每一分每一秒,都是难能可贵不可再生的。

从此后,倩放缓了前行的脚步,主动与自己达成和解。她告诉我,现在她每天都去幼儿园接女儿。当她牵着女儿的小手，从一棵一棵的梧桐树下走过，从大朵大朵的美人蕉旁走过，小麻雀们排着队在树上唱歌，她嗅到了幸福的味道。

佳句

精选

◇◇ 我在心里祝福了这只瓢虫，它很聪明，懂得适时放手，与自己和解。

◇◇ 生命之弦，原有它承载的极限和底线，绷得过紧，势必弦断。

◇◇ 当她牵着女儿的小手，从一棵一棵的梧桐树下走过，从大朵大朵的美人蕉旁走过，小麻雀们排着队在树上唱歌，她嗅到了幸福的味道。

格桑花开的那一天

在进入了无人烟的大草原深处之前，他的心，是空的。他曾无数次想过要逃离的尘世，此刻，被远远抛在身后。他留恋它吗？他不知道。

远处的雪山，白雪盈顶，像静卧着的一群羊，终年以一副姿势，静卧在那里。鸟飞不过。不倦的是风，呼啸着从山顶而来，再呼啸着而去。

他想起临行前，与妻子的那场恶吵。经济的困窘，让曾经小鸟依人的妻子，一日一日变成河东狮吼，他再感觉不到她的一丝温柔。这时刚好一个朋友到大草原深处搞建筑，问他愿不愿意一同去。想也没想，就答应了。从此，关山路遥，抛却尘世无尽烦恼。

可是，心却堵得慌。同行的人说，到草原深处后，就真正与世隔绝了，想打电话，也没信号。他望着银灰色的手机，一路上他一直把它揣在掌心里，揣得汗渍渍的。此刻，万言千语，突然涌上心头，他有强烈的倾诉的欲望。他把往昔的朋友在脑中筛了个遍，也找不到一个可以说话的。他亦不想把电话打给妻，想到妻的横眉怒目，他心里还有挥不去的阴影。后来，他拨了家乡的区号。随手按了几个数字键，便不期望着有谁来接听。

但电话却很顺利地接通了，是一个柔美的女声，唱歌般地问候他，你好。

他慌张得不知所措，半晌，才回一句，你好。

接下来，他也不知哪来的勇气，不管不顾对着电话自说自话，他说起一生的坎坷，他是家里长子，底下兄妹多，从小就不被父母疼爱。父母对他，极少好言好语过，唯一一次温暖，是十岁那年，他掉水里，差点淹死。那一夜，母亲把他搂在怀里睡。此后，再没有温存的记忆。十六岁，他离开家乡外出打工，省吃俭用供弟妹读书，弟妹都长大成人了，过得风风光光，却没一个念他的好。后来，他凭双手挣了一些钱，娶了妻，生了子，眼看日子向好的方向奔了，却在跟人合伙做生意中被骗，欠下几十万的债。现在，他万念俱灰了。他一生最向往的是大草原，现在，他来了，就不想回了，他要跟这里的雪山，消融在一起。

你在听吗？他说完，才发觉电话那端一直沉默着。

在呢。好听的女声，似春风，吹过他的心田。

她竟一点也没惊讶他的唐突与陌生，而是老朋友似的轻笑着说，听说大草原深处有一种很漂亮的花，叫格桑花的。

他沉重的话题里，突然地，有了花香在里头。他笑了，说，我也没见过呢，要等到明年春天才开的。

那好，明年春天，当格桑花开了的时候，你寄一束给我看看好吗？她居然提出这样的要求。

他的心，无端地暖和起来……

后来，在草原深处，无数的夜晚，当他躺在帐篷里睡不着的时候，他会想起她的笑来，那个陌生的、柔美的声音，成了他牵念的全部。他想起她要看的格桑花，他想，无论如何，他一定要好好活到明年春天，活到格桑花开的那一天，他答应过她，要给她寄格桑花。

这样的牵念，让他九死一生。一日，大雪封门，他患上了重感冒，躺在帐篷里奄奄一息。同行的人，都以为他撑不过去了。但隔日，他却坐了起来。别人都说是奇迹，只有他知道，支撑他的，是梦中的格桑花，是她。

还有一次，天晚，回归。在半路上与狼对峙。是两只狼，大概是一公一母，情侣般的。狼不过在十步之外，眼睛里幽幽的绿光，快把他淹没了。他握着拳头，想，完了。脑子中，一刹那划过的是格桑花。他几乎要绝望了，但却强挺着，一动不动地看着狼。对峙半天，两只狼大概觉得不好玩了，居然头挨头肩并肩地转身而去。

他把这一切，都写在日记里，对着陌生的她倾诉。他不知道，在遥远的家乡，那个陌生的她，会不会偶尔想到他。这对他来说不重要了，重要的是，他答应过她，要给她寄格桑花的，他一定要做到。

好不容易，春天回到大草原。比家乡的春天要晚得多，在家乡，应该是姹紫嫣红都开遍了吧？他心里，还是有了欣喜，他看到草原上的格桑花开了，粉色的一小朵一小朵，开得极肆意极认真，整个草原因之醉了。他双眼里涌上泪来，突然地，很是思念家乡。

他采了一大把格桑花，从中挑出开得最好的几朵，装进信封里，给她寄去。随花捎去的，还有他的信。在信中，他说起在草原深处艰难的种种，而在种种艰难之中，他看到她，永远是一线光亮，如美丽的格桑花一样，在远处灿烂着，牵引着他。他说，我没有姐姐，能允许我冒昧地叫你一声姐姐好吗？姐姐，我当你是荒凉之中甘露的一滴！

她接信后，很快给他复信了。在信中，她说她很开心，上天赐她这么一个到过大草原的弟弟。她说格桑花很美，这个世界，很美的东西，还有很多很多，让人留恋。她说，事情也许并不像他想象的那么糟糕，如果在草原里待腻了，还是回家吧。

这之后，他们开始信来信往。她在他心中，成了圣洁的天使。一次，他从一个草原迁往另一个草原的途中，看到一幅奇异的景象：在林林总总的山峰中，独有一座山峰，从峰巅至峰底，都是白雪皑皑璀璨一片的，而它四周的山峰，则是灰瘠光秃着。他立即想到她。对着那座山峰大喊着她的名字。没有一个人会听到他的喊叫，甚至一棵草一只鸟也不会听到。他为自己感动得泪流满面。

他把这些，告诉了她。忐忑地问，你不会笑我吧？我把你当作血缘中的姐姐了。她感动，说，哪里会？只希望你一切好，你好，我们大家便都好。

这样的话，让他温暖，他向往着与她见面，渴盼着看到牵念中的人，到底是怎样的模样。她知道了，笑，说，想回，就回呗，尘世里，总有一处能容你的地方，何况，还有姐姐在呢！

他就真的回了。

当火车抵达家乡的小站时，他没想到的是，妻子领着儿子正守在站台上，一看到他，就泪眼婆娑地扑向他。一年多的离别，妻子最大的感慨是，一家人守在一起，才是最真切的。那一刻，他从未轻易掉的泪，掉落下来。他重新拥抱了幸福。

他知道，这一切，都是她安排的。他去见她，出乎意料的是，她竟是一个比他小好多岁的小女人。但这又有什么关系呢？在他心中，她是他永远的姐姐。他站定，按捺不住激动的心，问她，我可以拥抱一下你吗？

她点头。于是他上前，紧紧拥抱了她。所有的牵念，全部放下。他在她耳边轻声说，姐姐，谢谢你，从今后，我要自己走路了。回头，是妻子的笑靥儿子的笑靥。天高云淡。

尘世里，我们需要的，有时不过是一个肩头的温暖。在我们灰了心的时候，可以倚一倚，然后好有勇气，继续走路。

佳句
精选

◇◇ 远处的雪山，白雪盈顶，像静卧着的一群羊，终年以一副姿势，静卧在那里。

◇◇ 他看到草原上的格桑花开了，粉色的一小朵一小朵，开得极肆意极认真，整个草原因之醉了。他双眼里涌上泪来，突然地，很是思念家乡。

◇◇ 尘世里，我们需要的，有时不过是一个肩头的温暖。在我们灰了心的时候，可以倚一倚，然后好有勇气，继续走路。

人生，诗意还是失意

他参加中考那年，十六岁。成绩一直很优异，大家都预言他一定能考上小中专。那时候，考上小中专，对一个农家孩子来说，是巨大的福祉，就像传说中的鲤鱼跃龙门。

考试那天，父亲特地放下农活，送他到考场。考场门口，父亲生满老茧的手，重重拍在他的肩上，语重心长道，儿啊，你能不能跳出农门，在此一举了。他看看父亲，重重点头。

试考完，于忐忑不安中，终于等到分数揭晓。结果是喜出望外的，他竟比小中专录取分数线高出整整10分。父亲宰了家里的羊庆祝，一村人都分享到了他家羊肉的香。

以为不久之后就要接到录取通知书的，却左等右等不来，一直等到夏蝉叫遍。

转眼，九月了，学校都开学了，他的通知书还是久久未至。父亲去镇上转了一圈回来，蹲在屋檐下吸着旱烟叹气，半晌之后，才对他说，儿啊，认命吧，咱不是吃公家饭的命。

他意外地，落榜了。听说他的名额被一干部子弟挤掉了。

后来，在亲戚们的接济下，他去读高中。三年寒窗苦，他以高分被一所大学录取。生活向他铺开了花团锦簇的一面：他会在城里念书，在城里工作，在城里娶妻生子。他会过上诗情画意的生活，有带露台的房子，有书，有花，有音乐，有清风明月。十九岁青春的心里，人生就是鲜衣怒马，气吞山河。

却在大学的一次例行体检中，他被查出患了乙肝。城市还是别人的城市，他回了他的乡下。窝在十来平方米的房间里，他的心里，布满灰暗和伤痛。人生失意至此，还有什么可盼可等的？

　　识字不多的父亲，讲不来什么人生大道理，手里抓一把大豆，又抓一把麦子，对他说，在农村，也没有什么不好的，种下豆子就长出豆子，种下麦子就长出麦子。他后来反复回味父亲的这句话，品出另外的味道，那就是，好好活着，才是最重要的。

　　他的心安定下来，一边积极配合着治疗，调理着身体，一边思谋着更有意思的活法。他在房前种花。他家屋前，很快便花事沸沸，姹紫嫣红成一片。村里人有事没事都爱上他家转转，聊聊天，看看花，日子里有了温馨绵长的滋味。

　　夏夜，满天星斗，四周虫鸣不息，清风徐徐，送来稻花的清香。他在星光下吹笛，引得纳凉的村人们都聚拢来听。一个喜欢他笛声的漂亮姑娘，爱慕上他，后来成了他的妻。

　　他还迷上根雕。乡下的树木多，常有些树老去，那些被丢弃的树根，他宝贝似的捡回家，在上面精雕细琢。雕只小羊，小羊就似在吃草。雕只小狗，小狗就似在蹦跳。村人们都赞叹不已，夸他，雕得真像啊。他们把他的根雕，摆在家里堂屋最显眼处，作了最美的摆设。他根雕的名声，渐渐响了，不少人慕名而来，出重金相购。他干脆开了家根雕馆，成了远近闻名的根雕师。

他是我偶然相识的一个朋友，年近五十，一个很普通的人。他用他的经历，让我明白，人生失意总是难免的，要紧的是，在失意中，活出诗意来。好好活着，才是生命的本质。

佳句
精选

◇◇ 十九岁青春的心里，人生就是鲜衣怒马，气吞山河。

◇◇ 好好活着，才是最重要的。

◇◇ 人生失意总是难免的，要紧的是，在失意中，活出诗意来。好好活着，才是生命的本质。

让梦想拐个弯

J是我的高中同学。和我们一起念书那会儿，他因偶然撞见海子的那首《面朝大海，春暖花开》，而迷上诗歌，立志要成为一个诗人。他满脑子做着有关诗的梦，为此荒废了学业。

J后来没考上大学。有关他的消息，断断续续地在同学间流传，他外出打工了，他失业了。他结婚了，他离婚了。如此折腾，都是因为诗。他的眼里，除了诗，再也容不下别的。他待在10平方米的小房间里，靠他在纱厂做工的母亲供养，几乎足不出户地写着诗。他写的诗稿，足足能装一麻袋，发表的却寥寥无几。

有个老编辑，在毙掉他无数的诗稿后，终不忍，遂委婉地对他说，写诗这条路，对你而言，未必适合，你还年轻，可以去尝试别的路。

他没有顿悟。他相信"精诚所至，金石为开"，仍笔耕不辍，一路向前。

多年后，同学聚会见到他，他身影孑然，潦倒不堪。彼时，他的母亲已过世。据说，他母亲过世时，眼睛是睁着的，对他，是一千个一万个放心不下。一口酒入喉，呛出他满腔的泪，他终于不得不面对一个事实：这辈子，他成不了诗人。他哽咽道，我的好年华，就那样白白溜走了，我还能做什么呢？

大家面面相觑，没有人能回答他。记忆里，他是聪明的，理科成绩曾一度辉煌过。他会吹笛子，会拉二胡，绘画也很有天赋。如果他在碰壁之后，选择另一条路走，或许他早就成就一番事业了。

认识一个服装设计师。他设计的服装，因款式别具一格，在圈内很有名。谁也想不到，他曾经的梦想，却是成为一名钢琴家。从小，他的父母不惜倾家荡产栽培他，给他买最昂贵的钢琴，给他请最好的钢琴老师。他的童年，是交给钢琴的；他的少年，是交给钢琴的；他的青年，差点儿也全部交给钢琴。幡然醒悟是在一次音乐会上，台上钢琴家行云流水般的演奏风格，是他永远也无法企及的。他不顾父母的反对，毅然放弃了音乐，改行学习他颇感兴趣的服装设计，很快脱颖而出。

在他的工作室里，悬挂着一幅照片，那是他去云南旅游时拍的：悬崖上，一丛野杜鹃，满满地开着，落霞般的。高远的天空，裸露的岩石，艳红的花朵。生命如此安静，又如此强烈。

他的目光，落在那丛野杜鹃上。他说，野杜鹃一定也做过成为大树的梦，当那个梦想遥不可及时，它让自己落入尘土，努力地在悬崖上，盛开出属于它自己的绚烂。

是的，执着是一种可贵的品质，然盲目的执着，却是对生命的浪费和伤害。梦想很美好，但也很现实。当梦想缥缈如天上的云彩，任我们再踮起脚尖，也无法与它相握，这时，我们要学会的是，适时放手，让梦想拐个弯。

佳句 精选

◇◇ 悬崖上，一丛野杜鹃，满满地开着，落霞般的。高远的天空，裸露的岩石，艳红的花朵。生命如此安静，又如此强烈。

◇◇ 野杜鹃一定也做过成为大树的梦，当那个梦想遥不可及时，它让自己落入尘土，努力地在悬崖上，盛开出属于它自己的绚烂。

◇◇ 梦想很美好，但也很现实。当梦想缥缈如天上的云彩，任我们再踮起脚尖，也无法与它相握，这时，我们要学会的是，适时放手，让梦想拐个弯。

高贵的宁静

初见小闫，觉得他特西藏的样子，皮肤黝黑，头发微卷，一袭藏袍加身。看不出实际年龄，二十多，或是三十多。

因火车晚点，小闫接到我们时，已是凌晨两点。拉萨的天上，挂着一个大而圆润的月亮。

小闫热情地来握我们每个人的手，嘘寒问暖的，满脸璀璨的笑，牙齿泛着月光色。他给我们献上洁白的哈达，嘴里亲热地叫着大哥大姐小弟小妹。"欢迎你们来到美丽的西藏！扎西德勒！"他不厌其烦地，一遍一遍说，把他的话送到每个人心上。

高原的不适，被他的真诚冲淡了，大家兴奋地围着他，找到亲人般的。从唐古拉山过来后，就一直病歪歪的一大姐，也被他感染了，精神抖擞地跟着他说："扎西德勒！"

后来的数天，小闫一直跟我们朝夕相处着，是我们游西藏全程的导游。西藏线路长，每日奔波在路上需十来个小时，加上高原缺氧，有些人身体吃不消，闹起情绪来。小闫一再道歉，仿佛那都是他的错。他自掏腰包买了西瓜请大家吃，并找着乐子逗大家，问："朋友们，你们知道来过西藏的客人都怎么形容西藏吗？"

"美！"我们不约而同说。的的确确，西藏除了美，真的再找不到好的词来形容它。天蓝得似水晶。云是成群结队、前呼后拥的，一律地白而绵软。放眼处，山高水阔，云雾缭绕。草甸上，羊群或是牛群，似散落的珠子，白的，黑的，镶嵌在绿色的"地毯"上。山坡下，间或端出一大片开得好好的油菜花，惹得大家一阵惊叫，油菜花呀！八月天里能见到油菜花，实属幸福。还有高入云端的雪山，琼楼玉宇般的，在云雾的环抱中忽隐忽现，美得让人心疼。人间仙境，非西藏莫属。

小闫笑了："其实我们西藏，可以用四个字来形容：'大美西藏'！"

大伙不依，齐声叫起来："嘀，这哪里是四个字，分明还是一个字，美！"

"看来我还真骗不了你们。"小闫狡黠地眨了眨眼，说，"对啊，就是美。这样的美，是我们人生中不可多得的相遇啊，也许我们这辈子再也不会来西藏了，这一次我们一定要坚持到最后，使劲地看，把西藏最美的景致带回家。朋友们，你们说对不对？"

"对！"众人响应。

"好，那就让我们眼睛在天堂，身体在地狱，心在飞扬吧！"小闫的手在半空中用力一挥。这一挥，把一车人的激情全调动出来了，大家跟着他学说藏话，学念六字真言，听他讲西藏的风土人情。路再远，身体再不适，亦不觉得。

当一车人扑向一个景点，小闫只倚在车旁，静静地等。他手上把玩着一串玻璃珠子，眼光越过一群一群的人，望向远方，疲惫的，又是深情的。有人好奇，打趣他："小闫啊，西藏处处是金是银是绿松石红珊瑚什么的，你怎么还玩这种破玻璃珠子？"

小闫一愣，不好意思地笑，与先前神采飞扬的导游判若两人。他低头，轻轻抚着玻璃珠子，说："这是我女儿给我的礼物呢。"

大家这才得知，小闫根本不是西藏人，他家远在山东，他是来援藏的导游。本来说好待满四年就回去的，但临走，他不舍得了，他留了下来。他来西藏那年女儿刚出生，如今女儿都七岁了。他偶尔回家探亲，女儿一路高叫着告诉别人，西藏的爸爸回来了。他听到，心很疼，但最后他还是回到这里。

"这里有一种无形的力量在牵着我，让我离不开它，也许有一天我终究会回去，但我将非常想念它。"小闫说。我们齐齐点头，我们信。不远处，白日光照着雪山圣湖，寥廓晶莹，有着高贵的宁静，动人心魄。我们一边欢喜着，一边惆怅着，尚未离别，已开始想念，竟不能自已。

佳句

精选

◇◇ 放眼处，山高水阔，云雾缭绕。草甸上，羊群或是牛群，似散落的珠子，白的，黑的，镶嵌在绿色的"地毯"上。

◇◇ 眼睛在天堂，身体在地狱，心在飞扬。

◇◇ 不远处，白日光照着雪山圣湖，寥廓晶莹，有着高贵的宁静，动人心魄。我们一边欢喜着，一边惆怅着，尚未离别，已开始想念，竟不能自已。

生命自在

去山东，在沂水大峡谷，遇见一红衣少年。谷口，挤挤挨挨摆许多摊子，都是卖地方土特产的。红衣少年也夹在其中，只是他的摊子与众不同，他的摊子卖的是蝎子，活的，在几片草叶间蠕动。草叶子装在一个红塑料桶里，有点小恐怖。

少年的左颊上，卧两块铜钱大小的紫红色疤痕，火烧火燎般的。他在抛一枚核桃玩，抛上去，伸手接住。再抛上去，伸手接住。乐此不疲。他的近前，围了一些游人，好奇的居多，大家看看他桶里的蝎子，再看看他。无一例外地，人们都对他脸上的疤产生兴趣：

"这疤是怎么来的？"

他镇定自若地答："胎记。"

"不会吧，哪有胎记是这个样子的？是不是捉蝎子时，被蝎子蜇的？"问者不依不饶。

周围一阵哄笑。

"不，是胎记。"他抬眼笑一笑，继续抛他的核桃玩。

忘不了这个场景，忘不了卖蝎子的这个红衣少年，嘴唇边轻轻荡着一抹笑，他镇定自若地答："胎记。"他坦然面对的那种淡定，让我的灵魂颤动，将来的将来，他或许会遇到辛苦万千，但我相信，他能应对自如。

辽宁。乡下。傍晚时分，我在人家的路边瞎转悠，村庄安静，石头垒的篱笆墙上，牵一串扁豆花，紫蝴蝶一样的。墙根处，开满波斯菊，活活泼泼地占尽绚烂，红红，黄黄。夕阳远远地抛过来，石自在，花自在。心里面陡地温暖起来，那里的乡下，看上去都让人觉得亲切，不疏远。因为它们骨子里有着相同的性情，都是憨厚朴实的。

突然听到有歌声，在篱笆墙那头响起。歌声嫩得如三月的草芽，沾着露的清纯。我悄悄探过头去，看到一个小女孩，旧衣旧衫，正弯着小小身子，掐着墙边的花，往头上插。山花插满头。

怕惊扰了她，我悄悄走开去。远处的山峦，隐隐约约。有两只晚归的雀，在我头顶上空"吱"一声叫，飞过去。它们落到我眼里的样子，像两朵在空中盛放的黑花朵。遥远的乡下，谁撞见了这份美——那都无关紧要。生命自在。

常去一家水果摊买水果。摆水果摊的是个女人。男人伤残在家，还有一个孩子正读中学，日子是窘迫的。女人四十上下，风吹日晒，算不得美了。可是女人却是美的，因为，她有着鲜艳的红唇，修长的黑眉毛，明显妆饰过了。她笑眯眯地坐在一排水果后，让人忍不住看两眼，再多看两眼——美原是可以这样存在的。为什么不呢？

女人让我想起一种花来，我不知道那花的名字，它或许本来就没有名字的。深秋的一天，我偶然撞见它的盛放，花小得像米粒。若不细看，就被忽略了。花长在路旁，在一棵冬青树的后面，冬青树枝繁叶茂，像一道厚重的门，把它给遮掩了。可是，它开花了，一开就是一片，粉蓝的，像米粒一样撒落，娇小，精巧。美好自在。

佳句精选

◇◇ 村庄安静，石头垒的篱笆墙上，牵一串扁豆花，紫蝴蝶一样的。墙根处，开满波斯菊，活活泼泼地占尽绚烂，红红，黄黄。夕阳远远地抛过来，石自在，花自在。

◇◇ 有两只晚归的雀，在我头顶上空"吱"一声叫，飞过去。它们落到我眼里的样子，像两朵在空中盛放的黑花朵。遥远的乡下，谁撞见了这份美——那都无关紧要。生命自在。

◇◇ 它开花了，一开就是一片，粉蓝的，像米粒一样撒落，娇小，精巧。美好自在。

善心

如花

在一个陌生的小城歇脚，看到小城车站窗口悬挂着一个爱心箱。箱子其实是个普通的箱子，木头的，外表漆成养眼的草绿色。上面用红漆写着三个大字：爱心箱。走过路过的人，有留意看一下的，也有根本不在意的。你留意也好，你不在意也罢，箱子都兀自在那儿挂着，像承诺，像坚守。问当地人，这箱子做什么用呢？那人看一眼，笑说，是帮助落难的人回家呢。他走过去，从口袋里掏出一枚硬币投进去。

陆续地，有人亦走过去，捐出身上的硬币。

原来，这是一个捐款箱。所得资金，全部用来帮助车站上落难的旅客，让他们能顺利返家。据说这个爱心箱，已先后使几百人受益，爱心洒向全国各地。

突然觉得这个小城芳香四溢起来。一个人的一元不多，但很多人的一元，就能汇成一条爱的河流。我也走过去，投进去一元。我不知道我的那一元，会助谁踏上回家的路。当他顶着外面的风寒，推开家门，扑进家的温暖里，我想，他的心中，一定有花在开。

我的单位附近，卖吃食的小摊子多，各色各样的点心小吃，花样迭出，让人应接不暇。其中，有一卖茶馓的，却很少变换花样，她终年只卖一样，就是茶馓。那是一个中年妇人，头发有些灰白，成天套一件格子围裙。她守着她的摊子，并不叫卖，只安静坐着，生意却好得很，去买她茶馓的人，总是很多。不少的人，都是老顾客了，见面了，远远就招呼开了。

每次大家也不多买，就买上一元两元的，抓在手里，坐她边上吃，她会提供些白开水。大家一边吃，一边和她唠家常，说些天气如何之类的家常话。她呵呵笑着，眼角的鱼尾纹，全堆到一起。

我以为，茶馓一定很好吃。一次特地跑去买，却不是想象中的味道，甚至，有些难吃。

她那里的顾客，却仍不见减少。有时我下班路过，她的摊子边，围着一圈人，都在吃茶馓，很热闹。这让我费解。

后来无意中听到她的故事。原本有着和美的一个家，却意外发生变故，一场车祸，儿死夫丧，她自己也断掉两条腿，靠卖茶馓维持生计。

知道她故事的人，都跑去买她的茶馓。渐渐地，这成了大家约定俗成的事。

我也常去了。每次只买一元，有时坐她旁边吃完，有时不。她笑笑的，我也笑笑的，很愉快。

那儿，新近又冒出几家小吃食摊子来，香喷喷的，直钻人鼻孔。她的生意，却没有因此受到影响，每次从她摊前过，我都看到有人在她那儿吃茶馓。忍不住感动，想，她终究是个幸运的人呢，被这么多善心包围着。

这样的善心，是这个世上不败的花朵。生命在，它的芳香就在。或许不浓烈，却一点一点，沁人心脾。

佳句

精选

◇◇ 一个人的一元不多，但很多人的一元，就能汇成一条爱的河流。

◇◇ 当他顶着外面的风寒，推开家门，扑进家的温暖里，我想，他的心中，一定有花在开。

◇◇ 这样的善心，是这个世上不败的花朵。生命在，它的芳香就在。或许不浓烈，却一点一点，沁人心脾。

我 一 点 一 点 吃 下 去，

眼 前 有 大 片 南 瓜 花 在 开，

岁 月 的 苦 与 甜，

慢 慢 汇 聚 到 我 的 舌 尖 上，

在 我 的 舌 尖 上 相 会。

舌尖上的思念

留香

知道一种叫留香的米糕，缘于我的一个学生。学生到我这里来上写作课，每周一次，在周日下午。

周日这天，午饭的饭碗一搁，我的学生就从家里出发了。她手上抱一个纸袋，里面放着笔和纸，慢慢走，一边走，一边四处闲看。她要穿过两条巷道，一条颇现代，两旁开着这个吧那个吧，大白天也是彩灯灼灼的。一条却很古旧，像洗旧的蓝衫子，两边少有楼房，都是过去的老式平房，大门朝着街道开着。一些人家因地制宜，开起小店，卖些花花草草，做些小吃食。祖传秘方的小吃，大抵都藏在这条巷道里。

　　我那个学生顶喜欢从那条古旧的巷道过。她每次来，都兴奋地跟我说："老师，从那里走真享受啊！鼻子里闻到的，都是香哩，花草的香，食物的香。"

　　高三学生，学业过重，像载重的骆驼似的，平日里少有机会放松。她借着学写作的名头，到我这里来，其实，也就是给自己偷得半天闲。我很高兴给她提供了这样的机会。常常我们不谈写作，一人一把椅子，搬去阳台上，对坐着，聊些好像与写作无关的话题。比如，在那条古旧的巷道里，她会遇到哪些好玩的人。

　　说起这个，我的学生健谈得不得了。她会一一向我介绍，卖花的，卖烧饼的，做鱼汤面的，卖馒头的。有个卖水果的老头，整天唱喏般地招徕顾客："又大又红的枣子哟，不甜不要钱咪。"隔天换成："又大又香的香蕉哟，不香不要钱咪。"我的学生学着老头的腔调，笑得不行。

　　生活是庸常的，却也是有趣的，这正是生活的迷人之处。我也跟着笑，鼓励她把这些写下来。某天，我的学生一见到我，就迫不及待告诉我："老师，那里新开了一家米糕店，叫留香。名字好好听啊，糕也好好吃耶。"

"你吃过？"我对美食，向来难抵诱惑。

"嗯，好吃极了。老师，下次来我带给你吃。"我的学生大方地承诺。她突然笑起来，不可抑制地。我说笑什么呢？她说："老师，那个做糕的女的，长得很像你。"

这不单单让我觉得有趣，更好奇了，是恨不得立刻奔过去看一看。我很想知道，能取出"留香"这个诗意绵长名字的女子，是不是真的跟我很相像。改天，没等我的学生带糕给我吃，我就寻了去。不大的门面，整洁着，上书"留香"两字。大门两侧，各在墙上吊一盆绿萝，绿的茎蔓，长长垂挂下来。进门去，藤桌藤椅，玄米茶在杯子里浅淡着，客人可随取随喝。这不像是米糕店，倒像是喝咖啡的。清新雅致的风格，很让我喜欢。

也终于见着做米糕的女子。初见她，我暗自笑了，我的学生太高抬我了，这个女子比我要年轻得多，漂亮得多。她看上去不过二十五六岁，有着一张蜜桃似的脸。一件简单的粉色卫衣套着，清秀干净。有客来，她微笑着招待，不言不语，却在举手投足间，给人以微风轻拂湖面的感觉。

客多。只一会儿，她的几大蒸笼米糕就见了底。我在边上，好不容易"抢"到两只，顾不得烫，咬一口，暄软香甜，真真是好吃。跟她讲："你怎么会做出这么好吃的米糕呢？"她也只是微笑，不说话，笑得天晴日暖。

再去，意外得知，她原来，竟是个失聪的。四岁那年，一场高烧，导致她再也听不见了。父亲因她的失聪，最后和她母亲离了婚。成长的路上，她遍尝艰辛，失望过，甚至绝望过。所幸后来遇到一卖米糕的老人，传她手艺，她便自己开了这个小店，取名留香，是为感激老人，要留住这生命的芬香。

把她的故事说给我的学生听。我的学生动容，半晌没言语。这年高考，我的学生语文得了高分，被一所很不错的高校录取了。据她说，写作文时，她写了这个做米糕的女子。

佳句
精选

◇◇ 有客来，她微笑着招待，不言不语，却在举手投足间，给人以微风轻拂湖面的感觉。

◇◇ 所幸后来遇到一卖米糕的老人，传她手艺，她便自己开了这个小店，取名留香，是为感激老人，要留住这生命的芬香。

爆米花

爆米花的那个男人不知打哪儿来的，反正他来了，骑着一辆三轮车，车上装着炭炉、小滚筒，还有一大袋子玉米粒。他在桥头摆开阵势，很快吸引了一部分人去，大家用充满新奇又快乐的口吻，明知故问道："爆米花呢？"男人把炭火烧得旺旺的，把小滚筒里装上玉米粒，笑回道："是啊。"

我也站一边傻看，心里涌满莫名的感动和欢喜，仿佛遇到故人，有着遥远的亲切。爆米花城里到处有卖，咖啡馆里有，超市里有。微软的白，奶油浸过的，用瓷的或竹的器皿装着，底下垫一层白色印花纸。是走进皇宫的灰姑娘。味道也不似从前，闻起来奶油味，吃到嘴里，依然是奶油味，失了原先那种粗糙的香。

原先？原先是什么呢？在那些高而灰白的天空下，一群孩子像过节似的喧闹着，围着一炉火跳，火上，黑黑的小铁桶在快速转动。而后，爆米花的那个黑脸膛男人大喊一声："炸啦！"孩子们欢叫着四下跳开，只听"嘭"一声，滚筒里的玉米粒全都开了花，是香香的一小朵一小朵的。孩子们的快乐也随之开了花，散着粗糙而又拙朴的香。

一年里，也就那些寒冷的冬天最让人期盼，一小撮玉米粒，就能换来一大蓬花开的幸福。它让整个冬天不再冷清。

也还记得，村子里有个寡居的妇人，小脚。真正的小脚。我看过她晒在墙头的鞋，绣花的，小巧得可以藏在我的口袋里。妇人衣衫整洁，喜欢在脑后盘个大大的髻。妇人平时言语不多，跟村人们也没什么来往，一个人孤寂寂的。却喜欢小孩子，看到我们，就招手要我们去她家。她家有个米坛子，外表一团暖黄，上面盘着拓印的睡莲花。米坛子置在她的床头柜上，里面仿佛有取不完的爆米花。每次我们去，妇人都会从里面抓出许多，给我们一人一小把。妇人坐在梳妆台前，一边揽头发，一边笑眯眯回头问我们："好吃吧？"我们齐声答："好吃。"她说："好吃下次再来啊。"我们应道："好。"但下次未必真的去，除非她招手叫我们去。心里那时挺矛盾的，一方面抵不了爆米花香味的诱惑，一方面又有些怕她。听大人们说，她早年有过男人和孩子，但男人死了，孩子也死了。

现在想来，她不过是个怕寂寞的妇人，只想用爆米花，来留住这世上的一些香和热闹。在那些备是凄惶的日子里，爆米花一定给了她最最温暖的慰藉。

爆米花的男人，现在天天准时出现在桥头。在一簇火的烘烤下，无数颗玉米粒，在深秋的夜里开了花。我每次路过时，总会放下一元的硬币，买上一小袋爆米花，托着它回家，然后坐在灯下慢慢吃。我想起故乡，想起久远的一些香，一些好，还有这人生的轮转。也不过一刹那的工夫，多少年就这样过来了。

佳句 精选

◇◇ 我也站一边傻看，心里涌满莫名的感动和欢喜，仿佛遇到故人，有着遥远的亲切。

◇◇ 只听"嘭"一声，滚筒里的玉米粒全都开了花，是香香的一小朵一小朵的。孩子们的快乐也随之开了花，散着粗糙而又拙朴的香。

◇◇ 我想起故乡，想起久远的一些香，一些好，还有这人生的轮转。也不过一刹那的工夫，多少年就这样过来了。

冷锅饼

发酵的面粉头天晚上就用大盆装了，祖母还抓一把稻草，把盆焐焐好。我们的心，开始激动起来，快有冷锅饼吃了。那终日里土黄着一张脸，搁在檐下被风吹被雨淋的陶盆，在我们眼里，变得无比亲切且温暖。兄妹几个不时去看看它，很是担心一眼照应不到，它就飞了。

是的，过中秋了。村里唯一一家小商店，红砖的墙上，几天前就贴上大红的纸，上面写着：月饼供应。其实哪里用得着写啊，月饼的香甜味，即使被藏着掖着也能闻得见的。何况一口大缸里，满满装着的，全是月饼呢。空气中，密布着月饼的香甜。我们几个孩子，从商店门口走过去，再走过来，如此反复，只不过是想更近地嗅到月饼味。那寸寸的空气，只需轻轻一戳，就是一口甜。

面皮白的店员——一个脾气温和的中年男人，站在店门口，好笑地看着我们，说，回去叫你们家的大人来买月饼啊。我们被他看中心思了，很不好意思地跑开去，心里想的是，我们家哪里买得起月饼呢。便很强烈地羡慕他，能守着一缸的月饼，该多么幸福。待我长大一些后才明白，卖月饼的，未必吃得起月饼。那时，他亦是个穷人，是从城里，被派到我们乡下来守店的，拿不多的工资，要养活他在城里的一大家子。

月饼于我们是奢望，冷锅饼却是家常的。我所在的乡村，每到中秋，家家都要做冷锅饼敬月神的。敬不敬月神我们小孩子不关心，我们关心的是，可以吃到冷锅饼了。祖母是做冷锅饼的高手，发酵好的面粉，被她分批倒进一口刷好油的大锅里，盖上锅盖焖。这个时候，烧锅的事，祖母不许别人碰，都是她亲自做。火大了饼子会煳了，火小了饼子会粘着了，得把灶膛里的火，控制得不大不小，那功夫，全在祖母手上。我们在厨房里跳进跳出，不时问祖母，好了吗?

等待的时间，真是漫长。

约莫一个时辰后，祖母熄了灶膛里的火，把一块湿纱布，摊在锅盖上。等湿纱布干了，锅灶冷了，冷锅饼也就可以出锅了。新出锅的冷锅饼，足足有脸盆那么大，两面金黄，松软适度，香味扑鼻。我们急不可耐掰下一块，塞进嘴里，饼子的香味，立时窜得满嘴都是。我们不再想月饼，有冷锅饼可吃，便觉得自己是世上最幸福的人了。

邻里之间，在中秋这天，是要相互赠送自家做的冷锅饼的。这家的，那家的，各各的口味不同，成了大家茶余饭后的谈资。祖母做的冷锅饼，最受邻居们推崇，都说四奶奶这冷锅饼，没人做得出。祖母听着，谦逊地笑说，做得不好吃呢。眉眼里却都是喜悦。

邻居家小媳妇丽珠，做出的冷锅饼，却是又硬又酸的，少不了被大家取笑。弄得丽珠见了人都低着头，羞愧得很。她跑来向我祖母讨教，祖母毫无保留一一告诉她，不知后来她做冷锅饼的手艺有没有长进。我想起这些时，丽珠已离世七八年了，人生盛年，心脏病突发。我有次回老家，看见她男人，形只影单地在家门口晃，苍老得很厉害。

佳句

精选

◇◇ 那寸寸的空气，只需轻轻一戳，就是一口甜。

◇◇ 我想起这些时，丽珠已离世七八年了，人生盛
　　年，心脏病突发。我有次回老家，看见她男人，
　　形只影单地在家门口晃，苍老得很厉害。

家乡的年糕

每年的腊月里，母亲都会特地为我蒸年糕。

说来有点怪，我对糯米做的食物特别偏爱，尤其喜欢吃年糕。放在粥锅里，或直接丢在清水里面煮，都是我爱的吃法，我姐姐不喜欢，我弟弟不喜欢，我嫁的那人也不喜欢，独独我喜欢。

我喜欢"糕"这个字，这是个让人充满温暖怀想的字。你看呀，一个"米"字，再加上"羔"字，是米做的小羊呢。它有着洁白柔软的身子，有着纯净若水的眼睛。

街上卖年糕的，进入秋季就有了。是个中年汉子，他用

改制的自行车推着。车前，焊得平平实实一个铁皮箱，箱子
上，放一个匾子，里面很有次序地排列着一排一排的年糕。
他从大街上走过，车前的电喇叭里在叫：年糕，年糕。这样
的叫卖，让人提早想到过年的好光景。

乡下人家过年，最隆重的，莫过于蒸年糕了。那可算得
上是巨大工程，全家总动员，淘米，磨粉，烧水，上铺，出
笼……一年忙到头，那些披星戴月的日子，那些流过的汗
水，那些向往中的幸福，彼时，一一落到实处，变成年糕，
可触可摸。让人心满意足得很。

蒸年糕有专门的模具，称作糕箱。有意思的是，糕箱的
底板上，都雕刻着花纹。这样蒸出的每块年糕上，便都印着
漂亮的花纹了。我曾很迷恋于那些花纹，盯着能看半天，花
非花的，充满不可言说的神秘。

蒸年糕时，大人们会关照小孩子做一件事，就是给每块
年糕"点红"。用事先泡好的红粉（可食用），装在小碗
里，小孩子两人一只碗端着，用筷头蘸着，往糕上点，点在
糕的正中央。一块一块的年糕，上面就缀着一个一个的红朵
朵了。如同美人眉心的一颗痣，有了千娇百媚的味道。

我一直闹不懂为什么要在年糕上点红朵朵。问过母亲。

母亲说，以前的人家就是这样做的呀。想，它应是一种流传的风俗了。这样的风俗真是好，充满喜悦，一看到那些红朵朵，人的心中，就仿佛有着千朵万朵花在开。

现在人们的日子好过了，年糕不再只过年时才有，平常的日子里，商场里也有卖。我吃过不少地方的年糕，品种繁多，有枣年糕、豆年糕、年糕坨等等，花样百出。如浓墨重彩的女子，艳是艳了，却让人难窥其真貌，味道过甜过腻。我还是偏爱家乡的年糕，那是单纯的糯米粉做成的，不掺任何辅料，把它们从糕箱里倒出来，一小块一小块的，周正得很。像乡下常见的那种女孩子，朴质，纯粹，反而让人回味无穷。

佳句
精选

◇◇ 我喜欢"糕"这个字，这是个让人充满温暖怀想
的字。你看呀，一个"米"字，再加上"羔"
字，是米做的小羊呢。它有着洁白柔软的身子，
有着纯净若水的眼睛。

◇◇ 一块一块的年糕，上面就缀着一个一个的红朵朵
了。如同美人眉心的一颗痣，有了千娇百媚的
味道。

◇◇ 一看到那些红朵朵，人的心中，就仿佛有着千朵
万朵花在开。

竹叶茶

竹叶茶是我家乡最常见的茶，不知其他地方有没有。

家乡的人家，家家长竹，在屋后。那植物好长，埋下一截根，来年，能蹿出一大片。像调皮的小孩，到处乱窜，呼朋引伴着，眨眼之间，一领一大群，生气勃勃热热闹闹着。

这是家乡独特的风景，茅草屋的背后，都有青青的竹环抱着。竹的青绿，配了茅草屋的枯黄或褐色，很好看。

只是，是谁率先试验的呢，用竹叶泡了茶喝，在酷夏？这恐怕谁也说不清了。每家每户，都是这么喝的。水是井水，甘甜。烧开了，丢下数片竹叶，瞬间，水就变了颜色。

是搅碎了一块翡翠呀，清冽之中，有着透明的如蝉翼般的绿。待得冷却下来，农人们用瓢舀着喝，一大口灌下肚，甘甜中透着清凉，把热烘烘的肠胃，抚慰得很舒坦。农人们满足地长舒一口气。那个时候，天空很高，很蓝。

记忆里，每年夏天，我祖母早上起床的第一件事，就是烧开水，烧一大锅的开水。然后着我们兄妹几个，到屋后竹林里采竹叶。这是我们最喜欢干的活，我们小鸟似的飞进竹林，选那些最绿最肥的竹叶采。雀在头顶上唱着歌。

祖母的大盆小盆早就备好了，开水装进盆子里，竹叶丢进开水里。眼见着一层一层的翠绿，在水里面洇开来，是浓情蜜意。泡好的竹叶茶，被我们送到地头去。父母和一帮农人正在地里挥汗如雨。一片植物，棉花，或是玉米，在大太阳下，骄傲地开着花。那边有人招呼一声，歇晌了（是上午休息一会儿的意思）。大家便笑哈哈走上地头来，拣块树荫坐。从盆子里，操起一只水瓢来，满满舀上一大瓢竹叶茶，灌下去。这个时候，根本不分彼此，大家都备有那样一盆竹叶茶呢，你舀我盆里的，我舀你盆里的，是亲亲热热一大家子。

也有偶过的路人，口渴了，停下来问，可以讨口水喝吗？就有农人递过瓢去，笑说，喝吧喝吧，只要你肚子装得下，爱喝多少就喝多少。竹叶茶的清凉，便在空气里荡漾。火辣辣的太阳，也变得温柔了。

长大后我离开家乡，遇到过各种各样的茶，什么清明茶，谷雨茶，云雾茶，秋分茶，不一而足。尊贵的，优雅的，绝尘的，各各用精致的杯子泡了，但我却无比怀念，用大盆子装着的竹叶茶。

给已衰老了的父亲捎过上好的龙井去，父亲泡了喝，嫌不够味。自去屋后，摘下竹叶几片，洗净，丢进碗里的开水里，然后眯缝着眼，喝得有滋有味。

佳句精选

◇◇ 水是井水，甘甜。烧开了，丢下数片竹叶，瞬间，水就变了颜色。是搅碎了一块翡翠呀，清冽之中，有着透明的如蝉翼般的绿。

◇◇ 眼见着一层一层的翠绿，在水里面洇开来，是浓情蜜意。

吃茶

看过一首写吃茶的诗，念念不忘。是元人张雨作的《湖州竹枝词》：

> 临湖门外是侬家，郎若闲时来吃茶。黄土筑墙茅盖屋，门前一树紫荆花。

是青春着的小女子，爱上一个人，相约着来家里。可是他不认识路啊，不要紧的，标记明显着呢——土墙、茅草屋，门前开着一树的紫荆花，那是我的家。你若有空，就来我家吃口茶吧。这里的吃茶，实在有趣，它把两个闯进爱情中的男女，有滋有味地牵住了。

后来怎么样了呢，那男子真去了女子家么？那是一定的。门前的紫荆花，开得灿灿的，天空蓝成永恒的模样。她给他沏什么茶吃呢？沏杯花茶吃当是最合宜的，香喷喷的，那是爱情最初的模样。

看《红楼梦》，被里面吃茶的排场给惊着了，种种名茶出没其间，如六安茶、老君眉茶、普洱茶、龙井茶、暹罗茶、枫露茶等等，各有吃的讲究。烧茶的水，也不是随便取的，要隔年雨水、隔夜的露水、梅花花蕊上的雪。吃茶的茶具也是顶讲究的，成窑五彩小盖钟、官窑脱胎填白盖碗、点犀䀉、绿玉斗等等。我的乡人们若是见到这等吃茶的，肯定要大不屑，撇一撇嘴道，吃茶就吃茶呗，还这么瞎讲究。甚至，他们还会追加一句，那也叫吃茶？那叫吃茶叶水。

老家人吃茶，极少加茶叶，他们吃不惯。他们摘了屋后的竹叶，或是从地里随手采来薄荷，丢进沸水里，晾一晾，就可以喝了。吃茶的器具，一律是盛饭的碗。大口灌下一碗，那叫一个痛快。

他们也有顶顶慎重的时候，那是家里来了访亲的客人。

老家的访亲，是男女双方缔结姻缘必不可少的一个重要环节。男女双方经媒人介绍，彼此有了相处的意向，这个时候，访亲就提上议事日程。双方挑了良辰吉日，女方先到男方家去实地考察，考察男方的家境、人品，有时还要偷偷访访那里左右邻舍的意见。男方家若有访亲的上门，早几天前就忙开了，家里收拾一新那是肯定的，为了装装门面，有时，还不得不借用一些别人家体面些的家具。也拜托好了左右邻舍，一定要帮忙说好话。最马虎不得的，是一顿茶食了。各色糕点是要配好的，鸡蛋要提早备下。访亲的到来，一人一碗蛋茶是必需的。蛋茶的做法不复杂，水烧沸后，把鸡蛋打进去，不用搅和，由着鸡蛋在沸水里凝固起来，等它变得白白胖胖的，就盛碗。汤水里另加白糖，客气的人家，还会滴几滴麻油进去。如果主家中意对方的姑娘了，会在蛋茶里加多多的白糖，甜得掉牙。访亲的客人吃蛋茶，亦是有讲究的，不能把碗里的鸡蛋全吃掉。若留单数，说明没看中。若留双数，则表示满意。主家收碗时，子丑寅卯，心里立即有数。

老家人平常待客，也多半通过吃茶来传递热忱。客至，必挽留一通，吃口茶再走呀。灶台上立即有了响动，风箱拉得呼呼的，锅里的水，很快沸了。几只鸡蛋下去，一碗蛋茶瞬间做成。桌上已摆上了小碟子，里面各色糕点，摆成花开模样。

我过年时回老家拜年，每回都受到这样的礼遇，家家留了吃茶，自家做的年糕包子糖果点心摆一桌，还外加一大碗蛋茶。他们倚了门笑眯眯地招呼我，没好东西招待你，就吃口茶吧。这样的热忱我总不忍拒绝，于是硬着头皮吃，以致后来我一看见鸡蛋就害怕。但老家人恨不得掏出一颗心来待客的热忱，让我每每想起，心里就暖乎乎的。

佳句
精选

◇◇ 沏杯花茶吃当是最合宜的，香喷喷的，那是爱情最初的模样。

◇◇ 老家人恨不得掏出一颗心来待客的热忱，让我每每想起，心里就暖乎乎的。

吃
蟹

很喜欢一句说蟹的谚语：秋风起，蟹脚痒。觉得这一句的有趣，哪里是蟹脚痒？分明是人肚子里的馋虫儿，在蠢蠢着的，偏偏要赖到无辜的蟹身上，给自己的吃，找了很好的借口。这个时候的蟹，个大，蟹黄多，肉质厚且嫩。不用任何作料，单单放清水里煮一煮，端上桌来，也是满桌浓香的。

而实际上，不单单秋蟹惹人吃，冬天的蟹，也是一肚子的货色，胖胖的，很能饱人口福。满桌的菜肴吃得意兴阑珊，突然上来一盘蟹，只只金黄灿烂，晃亮人的眼。颇像看戏看到尾场，满场的咿呀之声，听得人疲惫，突然来了一段劲舞，你的热血，就那么重又沸腾起来。

这样比喻吃蟹，好像不恰当。但我就是这么想来着。当一盘子蟹端上来，我全然不顾形象，左手掰蟹脚，右手举蟹黄，一边埋头吃一边说："好吃。"惹得一边的女友，忍不住伸手捏我的嘴巴，说："好可爱。"

暗自笑。无端地想起一句台词来，那句台词，是我无意间看到的一部电视剧里的。祖母对着挑食的孙子，把他撒落在桌上的食物一一捡起来放到嘴里，很有滋味地哂，一边感叹地说："有这样的好东西吃，日子多好啊。"在这里，我想窜改一下，有这样的蟹吃，日子多好啊。

国人喜食蟹，历史悠久，从西周开始，就有吃蟹的史话。魏晋南北朝时有"鹿尾蟹黄"一菜。隋炀帝有御用菜叫"镂金龙凤蟹"的。宋人徐似道亦夸张地写过一句诗："不食螃蟹辜负腹。"而陆游的"蟹肥暂擘馋涎堕，酒绿初倾老眼明"，那么陶醉地剥壳食蟹，比徐似道的来得更为形象。

《红楼梦》里，曹雪芹更是浓墨重彩写吃蟹。藕香榭中，桂花开得茂密，风也轻轻，水也清清，史湘云邀请贾母一帮人赏桂花，啖蟹。那吃法的科学与讲究，让今人大为感叹。不是水煮，而是用蒸笼蒸的，防了蟹中营养成分的流失。吃蟹要趁热吃，辅之以姜、醋和酒。亦不能多吃，贾母说："吃多了肚子疼。"

除此之外，我还看到难得的温馨和一团祥和。那样的富贵之家，整日地钩心斗角，声色犬马，却在吃蟹之时，显露出一点做人的快乐来。彼时，无论主子无论丫鬟，统统地放开了手脚，畅饮畅吃，闹着，笑着。像极浓荫下，突然洒落下一点日光，在人的心头，就那么亮了一亮。

这次螃蟹宴上，贾宝玉兴兴地作了螃蟹诗："脐间积冷馋忘忌，指上沾腥洗尚香。"那个公子哥儿，什么山珍海味没吃过啊，偏着啖食螃蟹时，一吃再吃，忘了禁忌。吃毕，去洗手，手上还留着蟹的余香呢。他写的自然有趣，但我更喜欢林黛玉的"螯封嫩玉双双满，壳凸红脂块块香"，活脱脱写出了蟹的风味来。

蟹的种类繁多，世界上的蟹类约有4700种，我国约有800种。国人一直推崇的蟹是大闸蟹，那是蟹中的极品。

佳句
精选

◇◇ 哪里是蟹脚痒？分明是人肚子里的馋虫儿，在蠢
蠢着的，偏偏要赖到无辜的蟹身上，给自己的
吃，找了很好的借口。

◇◇ 冬天的蟹，也是一肚子的货色，胖胖的，很能饱
人口福。

◇◇ 彼时，无论主子无论丫鬟，统统地放开了手脚，
畅饮畅吃，闹着，笑着。像极浓荫下，突然洒落
下一点日光，在人的心头，就那么亮了一亮。

桑葚一把

好些年不吃桑葚了。某天，从一水果摊前过，看到包装得好好的桑葚，乌紫透亮的。不信，停下问，那是什么？卖水果的男人笑一声，桑树果啊。

这叫法一下子把久别的故乡，拉到我的跟前来。我的乡人们不买桑葚的账，他们只叫它，桑树果。直白又亲切，像唤邻家小儿郎大牛或小狗。尽管成年后，那孩子有比较文绉绉的学名，可在乡人们眼里，他就是大牛或小狗，哪能是别的什么呢。

那时，乡村多野生的桑树，长得又高又粗，和槐树们在一起。桑葚成熟的季节，孩子们乐疯了，成天攀在高高的桑树上不下来，嘴唇染得乌紫乌紫的。脸蛋染得乌紫乌紫的。小手染得乌紫乌紫的。连身上的衣，也被染得乌紫乌紫的。简直就是一个紫色的小人，只剩下两只眼睛忽闪忽闪的。这时候，家里的大人们多半是宽容的，不会责怪孩子弄脏了衣裳。有时，他们也会搁下农活，从地里上来，站树旁，摘上一把吃。

太多的桑葚，哪里吃得完？树下落厚厚一层，大家都懒得去捡的，任它把身下的泥土，染得乌紫蜜甜的。鸟飞过来帮忙。成群的鸟儿，小麻雀，白头翁，花喜鹊，野鹦鹉，它们欢聚一堂。桑葚成熟的时节，是它们的节日，那么多甜蜜的果实，它们想吃哪颗就吃哪颗。人这时大度得很，不与鸟计较，放任它们啄去。蓝蓝的天空下，人与鸟，共享这大自然的赏赐，不分彼此，其乐融融，幸福安详。我在回忆里沦陷，恨不得立即跑回童年去，重新被桑葚染紫。

傍晚，出门去散步，往郊外走。经过一堵围墙，那堵墙已立在那儿好几年了，里面圈着十来亩的地，是一家单位买下的。不知是没钱开发了还是别的什么意思，地一直荒芜着。附近的农民钻了围墙的铁门，在里面掏地儿种些蔬菜。

我扒着铁门往里瞧，在蔬菜边上，看到许多的小野花。我忍不住钻进铁门去，想看清楚些，我如愿亲近到了那些小野花。就在我回头之际，意外看到站在墙边的一棵桑树，上面累累的，挂满紫得发亮的果实。桑树果啊！我高兴得差点跳起来，跑过去，一颗一颗摘了吃。甜蜜的汁液，瞬息间，把我的舌头淹没。

我想起《诗经》里的"于嗟鸠兮，无食桑葚"之句，这里的桑葚，有告诫的意思，告诫那些布谷鸟，你们不要贪吃桑葚啊。传说，布谷鸟吃多了桑葚，昏醉过去，险些丢了性命。这传说颇有趣，惹得我一通联想，是不是真有鸟儿吃多了桑葚而醉过去了呢？

"翠珠三变画难描，累累珠满苞。"这是清人叶申芗眼里的桑葚。他像欣赏名花似的，欣赏着那一树桑葚，慢慢地由翠绿变绛红、变绛紫，像宝珠似的，累累地挂在树上。对他的这份欣赏，我极认同，我吃着桑葚，遥遥地想对他说声感谢。倘若没有一颗热爱的心，哪里会看到枝头的"翠珠三变"呢？

我采一把桑葚，打算带给邻居家的小孩。他是不知这世上有桑葚的。现在，即使乡下的小孩，怕是也不大知道桑葚了。那种吃桑葚的野趣，到哪里去寻呢？

佳句
精选

◇◇ 蓝蓝的天空下，人与鸟，共享这大自然的赏赐，
不分彼此，其乐融融，幸福安详。我在回忆里沦
陷，恨不得立即跑回童年去，重新被桑葚染紫。

◇◇ 我高兴得差点跳起来，跑过去，一颗一颗摘了
吃。甜蜜的汁液，瞬息间，把我的舌头淹没。

舌尖上的思念

　　做了一个离奇的梦，没有前奏，没有后续，就那么一个片段。如突降的阵雨，啪啦啪啦掉下来，你才惊讶地仰头看，天却放晴了，太阳明晃晃的。让你有一刻的恍惚——刚刚真的下过雨了么？

　　一望无际的南瓜地。是哪里的呢？不知。南瓜花开得又多又大，黄艳艳的一大片。我也不晓得自己怎么就站在那片南瓜地里了，我先是看花，每朵花都有脸盆那么大。我正奇怪着，怎么会有那么大的南瓜花呢？花朵突然一朵一朵息了，紧接着，满地都滚着大南瓜，一个个都跟胖娃娃似的。

我忍不住弯腰摘了一只，心慌意乱着要往哪里藏。搜寻周边，视野开阔，竟无一处可藏的地方。心里面急，一急，就醒了。

我在黑暗里睁着眼，再也睡不着了。离开老家好多年了，我想念过老家的很多瓜果蔬菜，独独极少去想南瓜。

我对南瓜的感情是复杂得很的。那时的乡下，谁家房前屋后，不种着几蓬南瓜啊。我家种得尤其多，家前屋后的每一块空地上都长着。南瓜花开的时节，那场面够波澜壮阔的，草堆上爬着，沟垄里趴着，树干上攀着。总觉得那南瓜藤有点像蛇变的，没有它游不去的地方。它又极能开花，仿佛身上装着个魔术袋子，里面藏满花朵，一掏一大把，掏不尽。花多，结出的南瓜便多，是吃不完的，顿顿主食都是它，炒南瓜，煮南瓜，南瓜粥，南瓜饭，南瓜面条，南瓜饼。吃得我们对南瓜很是怨恨起来，摘它回来，从来不是轻拿轻放的，而是狠狠往地上一摔，以示不满。却丝毫伤不到南瓜，它最多是在地上打一个滚，立马坐稳了，又是结结实实一好汉。

姐姐念的小学语文课本里，有篇文章叫《南瓜生蛋的秘密》，讲了一则拥军爱民的故事。解放军对老百姓好，老百姓报恩，就在解放军买的南瓜里，偷偷藏了些鸡蛋。炊事员在切南瓜时，一刀下去，呀，滚出一案板的鸡蛋来。我和姐姐突发奇想，是不是有好心的人，也会在我们的南瓜里，藏了鸡蛋？或者藏些别的东西，譬如姐姐渴望的蜡笔，我渴望的红绸带。一天，我们终敌不过这样的幻想，把房前屋后的大南瓜，挨个儿地开了膛破了肚。结果却让我们失望极了，南瓜的肚子里，除了装着南瓜囊，什么也没有。事后，我们被祖母用笤帚追着打，祖母痛心疾首地跺脚，你们这些败家子，糟蹋了这么多南瓜，你们吃什么啊？

那年的南瓜，并没有因我们的糟蹋而减少，我们还是顿顿吃它，吃了一个夏天，吃了一个秋天，吃了一个冬天。

跟那人说起我做的梦。那人肯定地说，你是怀念过去了，你其实，是很感激南瓜的。

午饭时，桌上就有了一盘糖蒸南瓜，是他特地从饭店叫回来的。他笑眯眯地说，吃吧。我一点一点吃下去，眼前有大片南瓜花在开，岁月的苦与甜，慢慢汇聚到我的舌尖上，在我的舌尖上相会。

佳句
精选

◇◇ 南瓜花开的时节，那场面够波澜壮阔的，草堆上
爬着，沟垄里趴着，树干上攀着。总觉得那南瓜
藤有点像蛇变的，没有它游不去的地方。它又极
能开花，仿佛身上装着个魔术袋子，里面藏满花
朵，一掏一大把，掏不尽。

◇◇ 我一点一点吃下去，眼前有大片南瓜花在开，岁
月的苦与甜，慢慢汇聚到我的舌尖上，在我的舌
尖上相会。

姚二烧饼

　　早上起来，突然想吃烧饼了，姚二烧饼。

　　姚二烧饼出名，小城里，好多人都知道。那是伴着一代人成长的。有孩子长大了，去外地工作，回忆家乡的味道，少不了要说说姚二烧饼。"想吃啊。"他们说。半夜里爬上微博发图，画饼充馋。

　　是条很古旧的居民巷子。小城里，原来有好多这样的老巷道，都铲除掉重建了，唯独这条巷道，还保留着。两边的房，高不过两层，大多数是平房。一家挨一家，密密匝匝。这家炒菜那家香，那家说话这家应，真个是和睦又亲厚。我从那里走过，常恍惚着，以为掉进了旧时光。

姚二烧饼店就在这条老巷子里。很小的门面，墙体灰不溜秋的。屋上的瓦，也是灰不溜秋的。门口搭一遮雨棚，烧饼炉子就摆在那雨棚下。等烧饼的间隙，人站在店门口往里看，里面幽深幽深的，跟口老井似的。有一对眼珠子，突然蓝莹莹地看过来，是只大白猫，都十多岁了，老了。它蜷缩在一张凳子上，如老僧打坐般的，看门口的人，眼神儿透亮透亮的。一张案板，从门口一直延伸到里面。姚二夫妇和面做饼，都在这上面。上面有时还搁着大把大把的葱，肥肥的，绿绿的。

人贪恋那口旧旧的味道。纯手工的，手工擀皮子，手工剁馅，手工贴炉，任炉火慢慢烤着，烤得两面焦黄。烧饼刚出炉时，一股子麦子和芝麻的浓香，不由分说钻进你的五脏肺腑，热烈得有点火辣辣的。为了那口香，他们的烧饼店门口，便常站着不少在等烧饼出炉的人，等多久都愿意。

等的人有时跟姚二夫妇搭话，"姚二，你家生意真好啊。"姚二的女人听了这话，冲说话的人笑一笑，手里的活，没有慢下一点点。姚二则抬一抬眼皮，回道："还凑合吧，承蒙大家关照。"手里的活，也不见慢下一点点。

夫妇二人，都四五十岁了。长相颇相似，胖胖的，敦厚着的。是日子过得很四平八稳的模样。姚二是从十六岁起，就在这儿摆上了烧饼炉子，之后，一直没挪过地。他结婚后，女人加入进来。夫妇二人趁早带晚，做的烧饼，还是不够卖。

有人建议他们，找两个帮手，把店铺再扩一扩。姚二慢言慢语回，不用了，就这样蛮好。

的确，就这样蛮好。好多人都习惯了"就这样"。走过路过，看到他们夫妇，一个在案板上擀皮子，一个在包馅儿，也听不见他们言语什么，大白猫独自蜷在一旁打瞌睡。始觉尘世的寻常里，有香，有静，有稳妥，有相守。没有人介意那店铺的窄小，介意那墙壁和屋上瓦的灰不溜秋，几天不吃姚二烧饼，就很有些想了。

如我这般，一大清早起来，穿过大半个小城，奔了去买。然不过两个星期未见，那黑不溜秋的木门上，已贴上通告一张：姚二烧饼，从今天开始谢幕。谢谢大家多年来的关照。姚二。下面签着年月日。

旁有邻人，看着发呆的我说："每天都有不少人来跑空弯子。唉，关了，不做了，大前天就关了。"我怅惘伫立良久，方才慢慢走回。半路上不住回头，为什么就关了呢？为什么呢？

过几天，不死心，我复跑去看。那里的门面，已全被推翻掉，在重新翻盖和装修。据说要开一家化妆品店了。

佳句
___ 精选 ___

◇◇ 两边的房，高不过两层，大多数是平房。一家挨
一家，密密匝匝。这家炒菜那家香，那家说话这
家应，真个是和睦又亲厚。我从那里走过，常恍
惚着，以为掉进了旧时光。

◇◇ 等烧饼的间隙，人站在店门口往里看，里面幽深
幽深的，跟口老井似的。

◇◇ 走过路过，看到他们夫妇，一个在案板上擀皮
子，一个在包馅儿，也听不见他们言语什么，大
白猫独自蜷在一旁打瞌睡。始觉尘世的寻常里，
有香，有静，有稳妥，有相守。

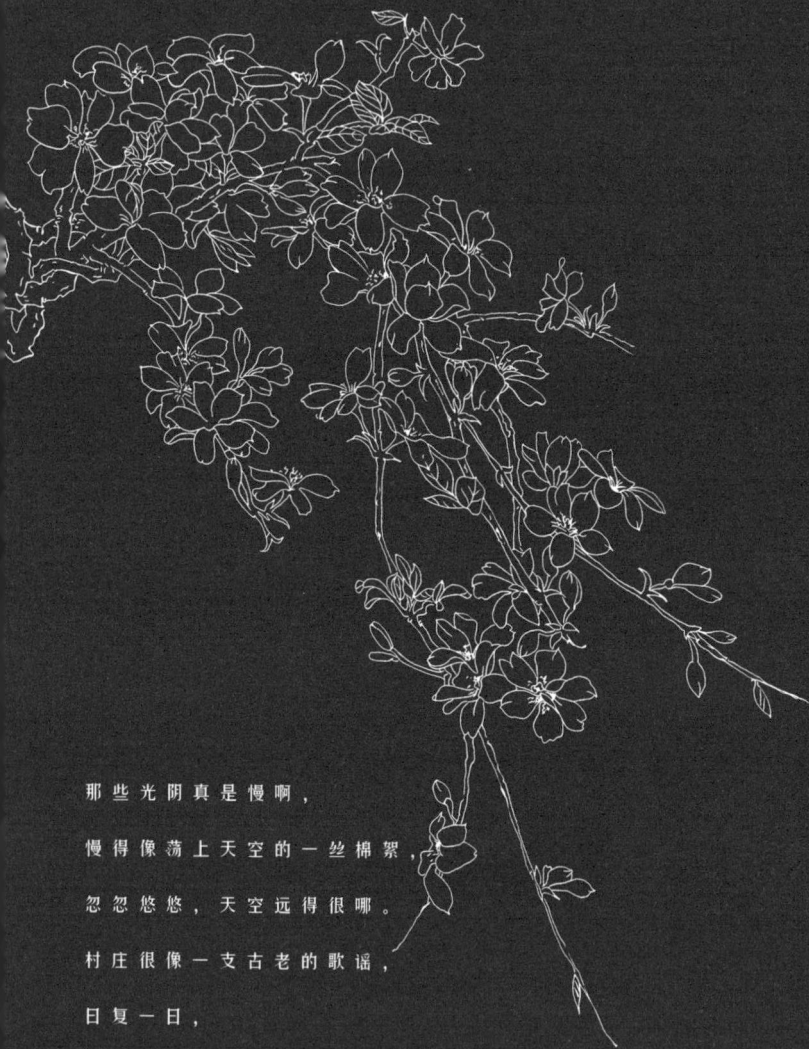

那些光阴真是慢啊，

慢得像荡上天空的一丝棉絮，

忽忽悠悠，天空远得很哪。

村庄很像一支古老的歌谣，

日复一日，

弹唱着同样的曲调。

熟悉的人，熟悉的物事，

天天都能见着。

简单的心，简单的欲求，

世事莫不静好，

真真叫我怀念得有些心碎。

世事静好

世事　静好

　　我坐在桌边，安静地看书的时候，突然想到"静好"这个词。

　　这是仲秋的上午，有一窗子的阳光。天上的云，是难得一见的纯白，挤挤挨挨着，跟瀑布跌落在岩石上似的，溅起一大朵一大朵雪白的浪花儿。楼下小径旁的栾树，开了大捧的细花，浅翠的，淡黄的。我心里有雀跃，用不了多久，它们又将擎着一簇簇红灯笼似的果了，亮丽闪耀，不分白天黑夜地照着。我出门，或是回家，便都有好颜色相送相迎。

　　草地上的几棵桂花树，也开始播着香了。别看这花模样细小，文静着，害羞着，甚至有些怯弱，像未曾见过世面的小女子，一颦一笑里，都藏着小心。事实上，才不是呢，它的性子猛烈得很，能量也大得惊人，是那种随时随地，都能挽起袖子，豪气得敢跟男人拼酒的角色。它一旦香起来，那是想收也收不住的，气势磅礴得很有些撒泼的意思了。却撒泼得不惹人厌烦，反倒叫人满心欢喜，宠着，爱着，不知拿它怎么办才好。一棵树，十里香。谁能拒绝它的甜与香呢？再多一些，再再多一些，也不嫌多的啊。是恨不得和它一起撒泼，和它一起醉过去。

虫鸣声也还有。吱吱，吱吱吱，吱吱吱吱，曲调明快、嘹亮。是秋蝉。人替它忧愁着，秋别离，秋别离，生命就要离去了呀。它却一点儿也不愁，照旧叫得响亮亮的。该来的，总归会来。愁是一天，乐也是一天，干脆还是唱着过的好。它知道，有限的生命，实在容不得浪费。

孩子的笑声，跑进耳里来。是他，还是她？每次下楼，我也总见几个咿呀学语的小孩，由家里的老人带着，蹒跚着在空地上玩耍。他们和一朵花能玩上大半天，和一棵草也能玩上大半天。他们专注地看着地上的蚂蚁散步，专注地仰头望着天上的鸟雀飞翔。黑葡萄似的眼睛里，汪着清泉。看到他们，我的心，总会变得特别柔软，忍不住要微笑起来，他们是生长在这个世上的童话，是世界最初的模样。

我看一会儿书，看一会儿窗外的云，任思绪就这样，漫无目的地策马奔腾着，时光便缓慢得很像从前的光阴了。从前的光阴，没有网络年代的光阴，都是这么缓慢而静好的。我和姐姐蹲在屋后的河边洗碗，看小鱼争食碗里的食物碎屑，看它们在水里面比赛着吹小泡泡。一朵一朵的小泡泡，撒落的珍珠似的，在水面上跳跃着，滚动着，四散开来。那是一个一个的小快乐吧。我们总要看得呆过去，看得心里面也泛起一朵一朵的小泡泡。圆的菱叶，浮在水面上。叶下面，有细白的小花。我们等着那些小花结出菱角来呢，等得好焦急呀。今日去看，花还是花。明日去看，花依然是花。哎呀呀，菱角怎么还没结出来呢！祖母又挥着笤帚，在赶偷食玉米粒的鸡。她踩着小脚，绕着场边跑着，怒斥着，像怒斥不听话的我们。鸡却不长记性，一会儿又跑来偷食。厨房的餐桌上，搁着新摘下来的茄子和丝瓜。中午饭又吃蒸茄子了，还有丝瓜汤，百吃不厌。弟弟坐在屋门前的桃树下，在翻一本连环画。那本连环画，已被我们翻得缺了角，卷了边。桃树底下，凤仙花天真烂漫地开了一大片。我们扯上一大把，红黄白紫，都有，捣鼓捣鼓，留着晚上包红指甲。

那些光阴真是慢啊，慢得像荡上天空的一丝棉絮，忽忽悠悠，天空远得很哪。村庄很像一支古老的歌谣，日复一日，弹唱着同样的曲调。熟悉的人，熟悉的物事，天天都能见着。简单的心，简单的欲求，世事莫不静好，真真叫我怀念得有些心碎。

佳句
精选

◇◇ 该来的，总归会来。愁是一天，乐也是一天，干
脆还是唱着过的好。它知道，有限的生命，实在
容不得浪费。

◇◇ 他们是生长在这个世上的童话，是世界最初的
模样。

◇◇ 那些光阴真是慢啊，慢得像荡上天空的一丝棉
絮，忽忽悠悠，天空远得很哪。村庄很像一支古
老的歌谣，日复一日，弹唱着同样的曲调。熟悉
的人，熟悉的物事，天天都能见着。简单的心，
简单的欲求，世事莫不静好，真真叫我怀念得有
些心碎。

我与青春
再见时

　　十六七岁的年纪，是迫不及待要远走高飞的。像一朵花苞苞，就要开了，就要开了，却总也不见开。光阴是缓慢的，缓慢得像教学楼后矮冬青树下，一只慢爬的蜗牛。早上走过时，看它在爬。中午去看，它还在爬，总也爬不到树枝上去。

　　心是忧伤的。对着一枚叶，看着看着，也会落下泪来。清晨醒来，宿舍还是那个宿舍，教室还是那个教室，操场还是那个操场。教学楼前，一排法国梧桐树，撑着肥圆的叶，不知疲倦地绿着。校园的围墙上，爬满小朵的红，和黄，是些野喇叭花，无比寂静地开着。围墙外，传来敲铁皮的声音。那是不远处的一家小店铺，专卖各种铁桶。赤膊的中年男人成日举着铁锤，敲啊敲，声音单调又寂寥。

我时常望着教室的窗外，发呆，天上飘着淡的蓝，或淡的白。风吹得若有似无。我希望着人生这惨淡的一页，能速速翻过去。是的，惨淡。那个时候，我进城念高中，穿着母亲纳的布鞋，背着母亲用格子头巾缝的书包，皮肤黝黑，沉默寡言，跟野地里的芨芨草似的，又卑微又渺小。城里的孩子多么不同，他们住黛瓦粉墙的四合院。他们穿时髦鲜艳的衣，从青石板铺就的小巷子里，呼啸而出。他们漂亮白净、神采飞扬，不识四时农作物，叫我们乡下来的孩子：泥腿子。

我的神经时时绷着、敏感着，怕被伤了，偏偏时时被伤着。他们一个不屑的眼神、一句轻视的话语，都足以让我手脚冰凉。我变得越发地沉默，低着头走路，低着头做事，恨不得把头埋到泥地里去。

也总是要上他的课。彼时，他四五十岁，挺拔壮实。肤黑，黑得跟漆刷过似的。据说曾去西藏支教过几年。记得他初来上课时，刚一张口，全班都愣住了，他的声音与他的外表，实在不相称，他的声音尖，且细，跟女人似的。几秒钟后，全班哄堂大笑。城里的孩子尤其笑得厉害，他们兴奋地拍着桌子，哗啦啦，哗啦啦。他在前面怒，眼睛逡巡一遍教室，揪出后排一个张嘴在笑的男生，厉声道，"你们这些乡下来的，太没教养了！"

虽然他不是针对我，但这句话，却刺一样地，扎进我的心里面，再难拔去。再上他的课，我从不抬头听讲，兀自做自己的事。他上了一些课后，也终于发现我的"另类"，在课堂上当众点名批评，说出的话，如同蹦出的石子儿似的，硌得人生疼。我越发地不喜欢他了。

他后来不再过问我，甚至连作业都不批改我的。一次，他在班上闲话考大学的事，大家踊跃说着理想中的职业。有城里同学看我一眼，大笑着说，她将来适合去做厨师。一帮同学附和着笑。我看到他的眼光不经意地掠过我，又越过去，什么话也没说，一任课堂上笑声泛滥。

是从那一刻起，我在心里发着誓，我一定要考上大学，给看不起我的人狠狠一击，特别是他。凌晨三四点，我一个人就悄悄起了床，到教室里点灯读书。如此地日复一日，结果，高考时我考了高分，他任教的一门，我考了年级第一名。

多年后，高中同学聚会，请来当年的老师，其中有他。他早已不复当年的挺拔，身子佝偻，双鬓染霜，苍老得厉害。这让我意外，想来他也不过六十来岁，何以会如此衰老？他在一帮同学的簇拥下，站到我跟前。同学让他猜，老师，她是哪个？他看定我，笑着摇摇头。同学提醒他，老师，她是当年我们班作文写得最好的那个，叫丁立梅啊。他看着我，还是抱歉地摇摇头，眼神天真。

有同学悄悄对我耳语，老师失忆了。我一惊，突然想落泪。多年来，我极少回顾青春，以为那是我人生里的一道暗疮。可现在，我却多么愿意走回去，他还在讲台上挺拔着，我还在讲台下稚嫩着。教学楼前的梧桐树上，还有雀儿在跳得欢。

青春原是一场花开，欢乐或疼痛，都是岁月的赠予。因为经历了，我们才得以成熟，所以，感谢。我上前挽起他，我说，老师，我们合个影吧。相机上，我的笑容，映着他的笑容，当年的天空，铺排在身后。

佳句

精选

◇◇ 十六七岁的年纪，是迫不及待要远走高飞的。像
一朵花苞苞，就要开了，就要开了，却总也不见
开。光阴是缓慢的，缓慢得像教学楼后矮冬青树
下，一只慢爬的蜗牛。

◇◇ 青春原是一场花开，欢乐或疼痛，都是岁月的
赠予。因为经历了，我们才得以成熟，所以，
感谢。

回家

父亲生日，我记着，买了蛋糕和礼物，回家。父亲很有些意外了，他根本没想到我能记着他的生日。他高兴得手足无措，在家门口转来转去，一会儿弯腰扶扶倚在墙边的扫帚，一会儿挥手去赶来凑热闹的鸡。我把买给他的礼物——一件外套拿出来，让他穿上试试。他不好意思起来，装作不在意地说：不就是个闲生日嘛，买什么衣裳。

我说：爸，闲生日也要过，以后每年我都会替你过。心下却黯然，父亲都七十有一了，又有几个生日好过？父亲却满足得"嗬嗬"笑起来，我看到他混浊的眼里，有亮亮的东西闪现，我的举手之劳，一定在他心里掀起了万顷波澜。我和母亲在厨房里做饭，就听到他在外面大着嗓门儿，不厌其烦地告诉邻居二爹，我家二丫头特地请假回来给我过生日。不就是个闲生日嘛，还给我又买衣裳又买蛋糕的，他补充道。

母亲不屑，母亲说："你爸就爱吹牛。"母亲的脸上，却荡满笑意——母亲也是欢喜的。饭桌上，不胜酒力的父亲喝多了，他颠三倒四地叨叨：我真幸福啊。我笑看可爱的老父亲，心里惭愧，从前的日子，我疏忽父母太多。好在还有当下的日子，我可以弥补。

出门去，阳光荻絮似的，淡淡轻拂。午后的村庄，安静得很像一捧流水，只剩下老人和孩子了——其实，孩子也没见着几个。只有几只狗，主人似的，满村庄溜达，不时吠上一两声。我以为，它们是寂寞了。

我去田间转悠。这里，那里，都曾留有我少年光阴。我在地里挑过猪草羊草。我在地里掰过玉米，拾过棉花。我熟悉很多植物：车前子、牛耳朵、婆婆纳、野蒿、黄花菜、苜蓿、菖蒲和苦艾。一蓬一蓬的苇花，在风中起舞，它们让我的目光，在上面逗留了又逗留。

一妇人趴在沟边锄草，身子都快躬到地上去了。她头上花头巾的一角被风撩起，露出里面灰白的发来——竟是那么地老！记忆里，她辫一根乌黑的长辫子，健壮结实，挑着担子也能健步如飞。我站定看她，她也看我，许久，她哎呀一声：这不是梅吗？是我，姨。这么一答，我觉得鼻子有点酸。不知为何。

我看着她笑，在心里找着话。说点什么好呢？我没找着。她大概也找不着要说的话，就从地里拔一棵白萝卜给我，说：没有空心呢。我接过，摘了路边的蚕豆叶子擦擦，"咔嚓"咬了两口——小时，我都是这么干的。我们一村的人，也都是这么干的。

她呵呵笑起来，很开心的样子。

你真孝顺啊。她终于又说一句。

我赧颜，又有些伤感。我听说过她的两个儿子，一个远去云南，做了人家的上门女婿。一个常年在外打工，极少回家。地里的荠菜花开得星星点点，奔放灿烂是春天的事。麦苗儿却绿滴滴的，让人忍不住想揪了一把吃。

望见麦田中的坟。这儿一座，那儿一座，那里住着我熟悉的村人。我祖父祖母的坟也在。隔着不远的距离，我在心里向他们致敬。

有他们在，村庄便永远在。

佳句 精选

◇◇ 出门去，阳光荻絮似的，淡淡轻拂。午后的村庄，安静得很像一捧流水，只剩下老人和孩子了——其实，孩子也没见着几个。

◇◇ 地里的荠菜花开得星星点点，奔放灿烂是春天的事。麦苗儿却绿滴滴的，让人忍不住想揪了一把吃。

◇◇ 望见麦田中的坟。这儿一座，那儿一座，那里住着我熟悉的村人。我祖父祖母的坟也在。隔着不远的距离，我在心里向他们致敬。

赢家｜人生

我爸最近爱说一句口头禅，我赚了。

别以为老爷子发了什么横财。一个七十多岁的老农，守在家里的三分地上，种点蔬菜粮食，能发财到哪里去？我清楚地知道，我爸的口袋里，从来不会超过二百块。

我爸却满足得很，走哪里都乐呵呵的，说，我赚了。按我爸的说法是，过去没柴烧，现在有了。过去没饭吃，现在就恨肚子装不下。过去没衣裳穿，现在多得穿不了了。过去住茅草屋，现在住上砖瓦房了。这，当然是赚了。

我们兄妹几个一起归家，我爸最开心。他去地里拔了青菜，又拔萝卜。他一手举青菜，一手举萝卜，得意地对我们说，我种的。瞧，长得多好！我赚了啊！

青菜烧豆腐。萝卜烧肉。一家人坐下来，平日极少沾酒的我爸，这时，必满上一杯，轻酌慢饮。酒未醉人，人自醉，我爸笑眯眯地看看这个孩子，望望那个孩子，醉眼蒙眬，感叹道，这日子多幸福啊，我真是赚了。

我们懂他的意思，四个儿女，个个健全安康。虽没有大富大贵，却都善良本分，能把寻常的小日子，过得有声有色。对我爸来说，这就是他最大的收成。

他跟我们聊起村子里的人和事。记得福立吗？比我还小几岁呢，前些天得病走了，走的时候，床边没一个人，我爸摇头叹。福立真是苦了一辈子啊，招了个上门女婿，平日里对他非打即骂，他一辈子没吃过好的没穿过好的，就这么走了。我爸说着说着，就陷入到一层忧伤里。但很快，他又变得快乐起来。他慢慢呷了一口酒，看看我们这个，望望我们那个，幸福满满地说，比起福立，我赚多了，我的儿女个个孝顺。

又聊到富林。富林跟我爸是同龄人，膝下只有一个儿子。富林的儿子出息了，如今定居在美国。但我一点儿都不

羡慕富林，我爸说，他不如我幸福，有个头疼脑热的，身边
也没个人照应。哪像我这么有福，逢年过节，我的儿女都能
回来看我。——这么一算账，我爸的确又赚了。

又聊到和我们一起长大的邻居四小。四小从小聪明，精
明能干，有生意头脑。成年后，他南下广州做生意，一度辉
煌闪耀，回到村子里，翻盖了三层楼房，很是鹤立鸡群。但
他竟不走正道，偷偷贩毒，被抓了，判了个无期。我爸说，
四小出了这档事，他的爹娘在村子里再抬不起头来了。你们
都好好的，我就赚了，我爸最后总结道。

带我爸去北京。一路之上，他一直念念叨叨，说他赚大
了。你想啊，村子里那么多人，谁能像我这样，又是坐火车
又是坐飞机的，还看天安门爬长城？他们一辈子都不知道，
天安门的门是朝南还是朝北呢。我赚大了，死了也闭眼睛
了。我爸逢人便说。

现在，我爸的身子骨虽大不如前，但还能走能动。我买
了辆老年代步车给他，他偶尔会载着我妈，到二十几里外的
老街上吃了早点再回家。我爸觉得，比起躺在床上不能走不
能动的人来说，他赚了。一生的艰难困苦，都可以忽略不
计。我爸憧憬道，日子还会越来越好。

看看我爸，再想想我们，有坚固的屋檐庇佑风雨。有稳妥的工作滋养日子。有明亮的眼睛可以抬头看天，低头见花。有健康的双腿可以健步如飞，四处游走。生活中得到的，永远比失去的多。我们其实都是人生赢家。

**佳句
精选**

◇◇ 四个儿女，个个健全安康。虽没有大富大贵，却都善良本分，能把寻常的小日子，过得有声有色。对我爸来说，这就是他最大的收成。

◇◇ 有坚固的屋檐庇佑风雨。有稳妥的工作滋养日子。有明亮的眼睛可以抬头看天，低头见花。有健康的双腿可以健步如飞，四处游走。生活中得到的，永远比失去的多。我们其实都是人生赢家。

青春
不留白

上高中的时候，我在离家很远的镇上读书，借宿在镇上的远房亲戚家里。虽说是亲戚，但隔了枝隔了叶的，平时又不大走动，关系其实很疏远。

是父亲送我去的，父亲背着玉米面、蚕豆等土产品，还带了两只下蛋的老母鸡。父亲脸上挂着谦卑的笑容，让我叫一对中年夫妇"伯伯"与"伯母"。伯伯倒是挺和气的，说自家孩子就应该住家里，让父亲只管放心回去。只是伯母，仿佛有些不高兴，一直闷在房里，不知在忙什么。我父亲回去，她也仅仅隔着门，送出一句话来："走啦？"再没其他表示。

　　我就这样在亲戚家住下来。中午饭在学校吃，早晚饭搭在亲戚家。父亲每个月都会背着沉沉的米袋子，给亲戚家送米来。走时总要关照我，在人家家里住着，要眼勤手快。我记着父亲的话，努力做一个眼勤手快的孩子，抢着帮他们扫地洗菜，甚至洗衣。但伯母，总是用防范的眼神瞅着我，不时地说几句。菜要多洗几遍，知道吗？碗要小心放。别碰坏洗衣机，贵着呢。农村孩子，本来就自卑，她这样一来，我更加自卑，于是平常在他们家，我都敛声静气着。

　　亲戚家的屋旁，有条小河，河边很亲切地长着一些洋槐树。这是我们乡下最常见的树，看到它们，我会闻到家的味道。我喜欢去那里，倚着树看书，感觉自己是只快活的小鸟。洋槐树在五月里开花，花白，蕊黄，散发出甜蜜的气息。每个清晨和傍晚，我几乎都待在那里。

　　不记得是哪一天看到那个少年的了。五月的洋槐花开得正密，他穿一件红色毛线外套，推开一扇小木门，走了出来。他的手里端着药罐，土黄色，很沉的样子。他把药渣倒到小河边，空气中立即弥漫着浓浓的中草药味。少年有双细长的眼，眉宇间，含着淡的忧伤。他的肤色极白，像头顶上开着的槐树花。我抬眼看他时，他也正看着我，隔着十来米远的距离。天空安静。

这以后，便常常见面。小木门"吱哑"一声，他端着沉的药罐出来，红色毛衣，跳动在微凉的晨曦里。我知道，挨河边住着的，就是他家。白墙黛瓦，小门小院。亦知道，他家小院里，长着茂密的一丛蔷薇，我看到一朵一朵细嫩粉红的花，藏不住快乐似的，从院内探出头来，趴在院墙的墙头上笑。

一天，极意外地，他突然对着我，笑着"嗨"了声。我亦回他一个"嗨"。我们隔着不远的距离，相互看着笑，并没有聊什么，但我心里，却很高兴很明媚。

蔷薇花开得最好的时候，少年送我一枝蔷薇，上面缀满细密的花朵，粉红柔嫩，像年少的心。我找了一个玻璃瓶，把它插进水里面养，一屋子，都缠着香。伯母看看我，看看花，眼神怪怪的。到晚上，她终于旁敲侧击地说，现在水费也涨了。又接着来一句，女孩子，心不要太野了。像心上突然被人生生剜了一刀似的，那个夜里，我失眠了。

第二天，我苦求一个住宿舍的同学，情愿跟她挤一块儿睡，也不愿再寄居在亲戚家里。我几乎是以逃离的姿势离开亲戚家的，甚至没来得及与那条小河作别。那一树一树的洋槐花，在我不知晓的时节，落了。青春年少的记忆，成了苦涩。

　　转眼十来年过去了，我也早已大学毕业，在城里安了家。一日，我在商场购物，发觉总有目光在追着我，等我去找，又没有了。我疑惑不已，正准备走开，一个男人，突然微微笑着站到我跟前，问我，你是小艾吗？

　　他跟我说起那条小河，那些洋槐树。隔着十来年的光阴，我认出了他，他的皮肤不再白皙，但那双细长的眼睛依旧细长。

　　——我母亲那时病着，天天吃药，不久就走了。

　　——我去找过你，没找到。

　　——蔷薇花开的时候，我会给你留一枝最好的，以为哪一天，你会突然回来。

　　——后来那个地方，拆迁了。那条小河，也被填掉了。

　　他的话说到这里，止住。一时间，我们都没有了话，只是相互看着笑，像多年前那些微凉的清晨。

　　原来，所有的青春，都不会是一场留白，不管如何自卑，它也会如五月的槐花，开满枝头，在不知不觉中，绽出清新甜蜜的气息来。

　　我们没有问彼此现在的生活，那无关紧要。岁月原是一场一场的感恩，感谢生命里的相遇。我们分别时，亦没有给对方留地址，甚至连电话也不曾留。我想，有缘的，总会再相见。无缘的，纵使相逢也不识。

佳句 精选

◇◇ 少年有双细长的眼，眉宇间，含着淡的忧伤。他的肤色极白，像头顶上开着的槐树花。我抬眼看他时，他也正看着我，隔着十来米远的距离。天空安静。

◇◇ 他家小院里，长着茂密的一丛蔷薇，我看到一朵一朵细嫩粉红的花，藏不住快乐似的，从院内探出头来，趴在院墙的墙头上笑。

◇◇ 有缘的，总会再相见。无缘的，纵使相逢也不识。

从前

一

你肯定也听过这样一个故事：从前有座山，山里有个庙，庙里有个老和尚，给小和尚讲故事，讲的什么呢？讲的是，从前有座山……如此循环往复，无有尽头。要是你不想停下，这个故事，便永远停不下来。

白日光长长的，讲故事的人，白发如霜。他盘腿坐在院门前，眯着眼逗我们。他只讲一遍，我们就会了，于是把它当歌谣唱，土路上纷飞的，都是这样的音符：从前有座山，山里有个庙，庙里有个老和尚，给小和尚讲故事……

那时只道寻常，山在，庙在，老和尚在，小和尚在，永永远远，都是那般模样。如檐前开得好好的一蓬大丽花，花艳丽得快撑不住颜色了；如门前的大槐树上，蹲着的那个喜鹊窝，一只花喜鹊盘踞在上面唱着歌。

还有，毛小牛的芦笛声，呜呜呜，呜呜呜。只要张开耳朵，就能听到他在吹。

他说，那是远方汽笛的声音。

毛小牛是我的玩伴，头上生许多癞疮，小伙伴们都叫他癞头。他却偏偏生一双巧手，会做芦笛，会用小草编蚱蜢。他走到哪里，芦笛会吹到哪里。

现在再听这个故事，别有一番滋味在心头。岁月，原是由许许多多的从前组成的，山是有从前的，庙是有从前的，老和尚是有从前的，小和尚亦早已成了从前的从前。毛小牛在25岁上溺水而亡，彻底地成了，从前的人了。

二

夜是有声音的。

夏夜的声音，尤其丰富。

选一处草地坐下。露珠在轻轻落，偶尔会听到"啪"的一声，那是它不小心，打翻了某片树叶了。虫鸣于周边响起，唧唧，啾啾，吱吱。还有植物们的声音，它们亲昵得很，一直在耳语。紫薇和梧桐，云松和翠竹，绵延在一起，夜色里，分不清谁是谁。

真静。思绪和着夜色，漫过记忆。想起老祖母了，那时她还不算老，真的不算老。她能拎得动几十斤的草篮子，碎步细密；她能把一群调皮的鸡，撵得满院子飞；她能洗一大盆的衣裳，满满晾一绳。

一样的夏夜。祖母手里摇着蒲扇，摇着摇着就停下了。她定定望着某处，喃喃说："从前，你太婆可疼我呢，这样的夏天，她给我煮绿豆汤喝。我的皮肤，白得透亮，出门去，人家都打听，这是谁家的女娃啊，这么漂亮。"

怔一怔，地上的一片月光，随着树影晃了晃，很不真切。暗地想，祖母哪里有从前呢，祖母本来就是祖母的。风吹着虫鸣声，让人心痒。坐不住的，一溜烟跑去玩——祖母的从前，到底与我不相干的。

玩一圈回来，却发现祖母，还独自坐着在发愣，她沉在她的从前里。

而我现在，沉在我的从前里。

我们原都是从从前走过来的，慢慢地，又成为从前。这便是，人生。

三

心血来潮地想去看荷。这念头一经产生，就势不可当。

我所在的小城，也仅限在公园有。一方池子里，植了数十株。一俟夏天，圆润碧绿的荷叶，铺满整个池子。数枝荷，婷婷于绿叶之上，有含苞的，有已然绽放的。

这是一种清清爽爽的美，不芜杂，不喧闹，正如乐府诗《青阳渡》中所描写："青荷盖绿水，芙蓉发红鲜。下有并根藕，上有同心莲。"

再去公园，却没看到荷，原先的几十株，不知去了哪里，一池的水在寂寞。问及，人都摇头说不知。我把公园里有水的地方都寻遍，也未寻到。

有人提议，隔壁的水乡应该有。于是马不停蹄赶了去，一去百十里，只为看荷。

果真有，路边，荷成亩成亩地长。花却开过了，莲蓬已成形。雨忽然来，大而狂，无法下车细看，只隔着一扇车窗，与它对望。雨雾起，它望不真切我，我望不真切它。但知道，都在呢，心安了。

想起白衣年代，青春无敌，那人举一枝荷，说送我。送就送呗，乡下的池塘里，那么多的荷，实在算不得什么。随手接过来，后来是丢了，还是用清水养了，不记得了。

却在经年之后，追着寻着去看荷。人有时，寻找的，不过是记忆里的从前。当年不曾以为意的，日后却念念不忘，只是因为啊，从前的青春年少，我们再也回不去了。

四

在老家，遇到一乡亲。

乡亲很老了，背驼腰弓，我叫不出他的名字。我以前应该叫得出他的名字的。

他笑微微看我，说："你小时候很聪明的，五个小孩数竹竿，就你数得最快。"

数竹竿？这个细节，我是彻底忘了的。

从前的痕迹，以为风吹云散，却不料，一点两点的，不是存活在那个人那里，就是存活在这个人这里。只要轻轻一拨拉，它就哗啦啦奔涌出来，如涨潮的水。你突然想起村东头的瞎眼老太，用断指绕线；你突然想起一个叫红旗的光棍汉，一边插秧一边唱：我爷爷是个老红军；拖着鼻涕的少年玩伴，一个一个出来了；你甚至想起邻家的那只花母鸡，还有黑狗。

所有的记忆，此时汇聚到一个地方，那个地方，是从前。从前的人，从前的事，从前的碧空蓝天，有人叫它，灵魂的故乡。

佳句
精选

◇◇ 夜是有声音的。

◇◇ 人有时，寻找的，不过是记忆里的从前。当年不
曾以为意的，日后却念念不忘，只是因为啊，从
前的青春年少，我们再也回不去了。

◇◇ 从前的痕迹，以为风吹云散，却不料，一点两点
的，不是存活在那个人那里，就是存活在这个人
这里。只要轻轻一拨拉，它就哗啦啦奔涌出来，
如涨潮的水。

◇◇ 所有的记忆，此时汇聚到一个地方，那个地方，
是从前。从前的人，从前的事，从前的碧空蓝
天，有人叫它，灵魂的故乡。

做 | 书
伴 | 香

年少的时候，我曾热切地做过一个梦，一个有关书的梦：开一家小书店，抬头是书，低头还是书。

那时家贫，无钱买书。对书的渴望，很像饥寒的人，对一碗热汤的渴盼。偶尔得了几枚硬币，不舍得用，慢慢积攒着，等有一天，走上几十里的土路，到老街上去。

老街上最诱惑我的，不是酸酸甜甜的糖葫芦，不是香香喷喷的各色糕点，不是喜欢的红绸带，而是小人书。小人书是属于一个中年男人的，他把书摊摆在某棵大树下，或是巷道的拐角处。书大多破旧得很了，有的甚至连封面都没了，可是，有什么关系呢？它们在我眼里，是散着馨香的。我穿过川流的人群奔过去，我穿过满街的热闹奔过去，远远望见那个男人，望见他脚跟前的书，心里腾跳出欢喜来，哦，在呢，在呢。我扑过去，蹲在那里，租了书看，直看到暮色四合，用尽身上最后一枚硬币。

读小学时，我的班主任家里，订有一些报刊，让我垂涎不已。班主任跟我父亲是旧交，凭着这层关系，我常去他家借书看。他对书也是珍爱的，一次只肯借我一本。有时夜晚，借来的书看完了，我又想看另外的。这种欲望一旦产生，便汹涌澎湃起来，势不可当。怕父母阻拦，我偷偷出门，跑去班主任家，一个人走上五六里的路。乡村的夜，空旷得无边无际，偶有一声两声狗吠，叫得格外突兀，让人心惊肉跳。我看着自己小小的影子，在月下行走，像一枚飘着的叶，内心却被一种幸福，填得满满的。新借得的书，安静在我的怀里，温良、敦厚，让我有满怀的欢喜。

多年后，我想起那些夜晚，还觉得幸福。母亲惊奇，那时候，你还那么小，一个人走夜路，怎么不晓得害怕？我笑，我那时有书做伴呢，哪里想到怕了？那样的月色，漫着，水一样的。一个村庄，在安睡。我走在村庄的梦里面，怀里的书，散发出温暖亲切的气息。

上高中时，语文老师清瘦矍铄，爱书如命。他藏有一壁橱的书。我憋足了劲儿学好语文，只为讨得他欢喜，好开口问他借书。他也终于答应我，我想读书时，可以去他家借。

他家住在老街上，很旧的平房，木板门上的铜环都生锈了。屋顶上黛青色的瓦缝里，长着一蓬一蓬的狗尾巴草。这样的房子，在我眼里，却如童话中的小城堡，只要打开，里面就会蹦跳出无数的美好来。

是四五月吧，他屋门前的一棵泡桐树，开了一树紫色的桐花，小花伞似的，撑着。我去借书，看到他在树下坐着，一人，一椅，一本书。读到高兴处，他拊掌大叹，妙啊！他孩子气的大叹，让我看到人生还有另一种活法：单纯，洁净，桐花一般地美好着，与书有关。

后来，我离开老街，忘了很多的人和事，却常不经意地会想起他：一树的桐花，开得摇摇欲坠，他在树下端坐。如果我的记忆也是一册书，那么，他已成一枚书签，插在这册书里面。

而今，我早已拥有了自己的书房，也算实现了当初的梦想——抬头是书，低头还是书。若是外出，不管去哪里，我最喜欢逛的，定是当地的书店和书摊。

午后时光，太阳暖暖的，风吹得漫漫的，人在阳台上小憩，随便从书架上抽出一本书，摊膝上，风吹哪页读哪页。如果书也是一朵花，我这样想象着，如果是的话，那么，风吹来，随便吹开的一页，那一页，便是盛开的一瓣花。

人、书、风，就这样安静在阳光下、安静在岁月里，妥帖，脉脉温情。

佳句 精选

◇◇ 我看着自己小小的影子，在月下行走，像一枚飘着的叶，内心却被一种幸福，填得满满的。新借得的书，安静在我的怀里，温良、敦厚，让我有满怀的欢喜。

◇◇ 一树的桐花，开得摇摇欲坠，他在树下端坐。如果我的记忆也是一册书，那么，他已成一枚书签，插在这册书里面。

◇◇ 如果书也是一朵花，我这样想象着，如果是的话，那么，风吹来，随便吹开的一页，那一页，便是盛开的一瓣花。

◇◇ 人、书、风，就这样安静在阳光下、安静在岁月里，妥帖，脉脉温情。

图书在版编目（CIP）数据

让梦想拐个弯 / 丁立梅著 . —北京： 东方出版社，2021.4
（丁立梅散文精选集）
ISBN 978-7-5207-1899-8

Ⅰ.①让… Ⅱ.①丁… Ⅲ.①散文集－中国－当代 Ⅳ.① I267

中国版本图书馆 CIP 数据核字（2020）第 253795 号

丁立梅散文精选集：让梦想拐个弯

（DINGLIMEI SANWEN JINGXUANJI:RANG MENGXIANG GUAIGEWAN）

作　　　者：丁立梅
策 划 人：王莉莉
责任编辑：张　旭　张彦君
产品经理：张　伟
出　　　版：东方出版社
发　　　行：人民东方出版传媒有限公司
地　　　址：北京市西城区北三环中路 6 号
邮　　　编：100120
印　　　刷：鸿博昊天科技有限公司
版　　　次：2021 年 4 月第 1 版
印　　　次：2022 年 2 月第 2 次印刷
印　　　数：10001—20000 册
开　　　本：880 毫米 ×1230 毫米 1/32
印　　　张：8
字　　　数：240 千字
书　　　号：ISBN 978-7-5207-1899-8
定　　　价：40.00 元
发行电话：（010）85924663　85924644　85924641

让
梦
想
拐
个
弯